文春文庫

ラヴレターズ

川上未映子 村田沙耶香ほか

文藝春秋

もくじ

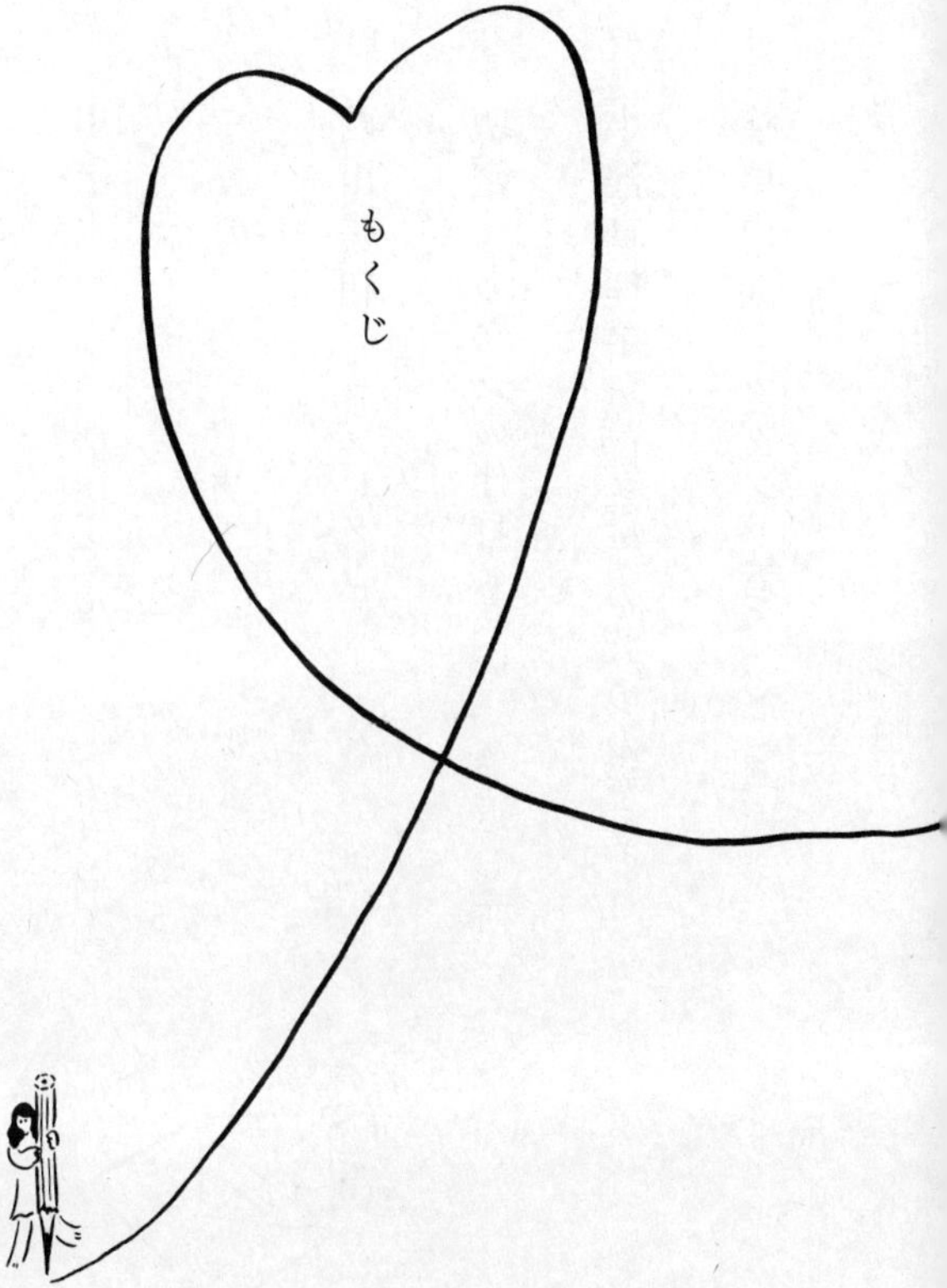

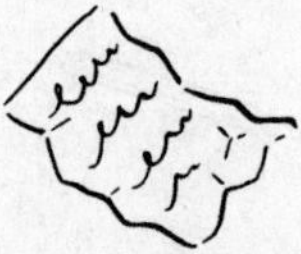

ラヴレターズ

吉本ばなな

いつかへのラブレター

恋愛ってなんだろう？　と思うとき、よく「やはり肉体的な要素が強くて、性欲がうんとはいっているものだ」というわけしり顔の意見を聞きます。

そうなのかもしれないな、と私も思います。どういう人か、どこに惹かれたのか、そういうことを毎日ぼんやりと熱に浮かされて考えるとき、その姿がいちばんに重要で、その人の人格とか私をどう思っているかとか、あんまり関係なくなってしまうからです。

昔、まだセックスもしたことがない、もしかしたらキスもまだだったかも？　というくらいの頃に読んだ大島弓子さんの「いたい棘いたくない棘」というマンガの中にこういう会話のくだりがあります。

「恋って——その　どのようなところから判断するのか　せっぷんしたいと思

うことかい!?」
「それもある　だが　それよりかんじんなのは　いっしょにいたいと思うことさ」
「夜も昼も食事もねむるもついていたい　ふれていたい　よろこんでもらいたい
手だすけしたい　守りたい」
私の人生にはそりゃあもういろんなことがありました。
子どもなんかも生んだりして、もうすっかり酸いも甘いも、男女のことなんて
みんなわけがわかったような気持ちになることもあります。
でも、どうしてだろう？　うんと若いときよりも五十歳になった今のほうが、
ああ、この大島先生の描いた言葉はほんとうだとより思うんです。
恋の正体は性欲なんかじゃない、まさにこれだって。
大島先生はやはり天才です。

ちょうどこれを読んだ若い頃、好きだった人がいます。
なんと私は執念深く、十年間もその人のことが好きだったのです。それって単
純なことで、彼よりもすてきな人が十年間、どうしても周りに見つからなかった

のです。

私は毎日学校で彼の背中をぼんやり見つめて「なんというきれいな背中だろう…！」といつも不思議に思っていたのです。なんであんなふうに笑えるんだろう？　どうしてこんなときにそんな優しいことが言えるんだろう？　と驚いてばかりでした。それ以上でも以下でもない幼い恋でした。

好きになったときたまたまとなりの席に彼はいて、起立したときに私がいすをそっとひいていたずらしたら、思いのほか彼が大きくすってんと転んで、びっくりしたことがあります。私は教師に思いきり怒られ、彼は笑顔で「いいよいいよ」と言ってくれました。

それから学校で行った旅行で、彼と私は廊下で夜中に立ったまま別れがたくていつまでもふたりきりで話をしました。そのとき、私たちは確かに両思いでした。学校の裏の階段を、彼が私の自転車を持って並んで歩きながら登ってくれたこともありました。

あれほど完璧に幸せだった恋は、後にも先にもないかもしれません。

月日は流れて、彼とは一回だけキスして、もう会うことはきっと一生ありません。人づてに聞いたところ、幸せな結婚をしてお子さんがふたりいるらしい。そして今の彼に対して私はなんの気持ちも持っていないんだけれど、ただひとつ「ありがとう」と言いたい。私の心の中のいちばんきれいなものをみんな集めて、草に浮かぶ朝つゆのように、ただきれいなところだけを抽出して、そう言いたい。

私の感性は、彼がすばらしい人だったことでつちかわれたのです。いつまで見ていても風景のように飽きないその姿や、どこまでも高潔なその心を通して、私は世界の美しさを学んだんです。彼を思いながら見た全ての景色が私の小説の土台になっています。私が小説家になれたのは彼のおかげです。だから、ほんとうに心から、彼が幸せであることを、健康であることを、あらゆる災厄が彼とご家族を避けて通っていくことを、なにかすばらしいものに護《まも》られていることを、祈ります。

ここまで透明な気持ち、それはきっと大島先生が書いたあの言葉に、私の心が性欲を持たないままで、いつでも戻っていけるからです。

ありがとう、ありがとう。この世に生まれてきてくれて、私に真の美しさを体験させてくれて、ほんとうにありがとう。

川上未映子

桔梗《ききょう》くんへ

最後に会ったのはいつだろうと数えてみて、それが二十四年もまえだということを知って驚きました。自分の年齢を思うと時間がたったことじたいに不思議はないのですが、二十四年も会っていない人に何かを伝えようとしてみたり、最後に会ったのは二十四年もまえになるんですねと書いたりすることが、自分の人生にもちゃんと起きるのだということに、驚いているのかもしれません。

わたしは名簿で人の名前を見るのが好きで、桔梗くんの名前を見つけたときにぴんときて、それから話すようになって、好きになりました。中学一年生の夏から高校二年生の冬まであなたのことが好きでした。当時の中学生は付きあうといっても「付きあってる」という言葉以上のことは何もなく、わたしと桔梗くんもお互いの気持ちを電話で確認してからほんの二ヶ月くらい「付きあった」だけで、よくわからないままに、すぐに自然消滅してしまいました。けれどわたしはそのあともずっと桔梗くんのことが好きでした。クラスも替わって話をすることもなくなって、そして心なしか避けられるようにもなっても好きで、それはときどきつらかったけれど、それでも半年、一年、三年と、片思いの時間が長くなればなるほど、まるで誰かに何かを証明することができているような気がして、そこには奇妙なうれしさもあったのです。感情の深さと本当さは時間の長さに比例するのだと、信じていたのですね。

でも、それからわたしは桔梗くんのことをだんだん忘れて、何度もほかの人を好きになり、東京で暮らすようになって仕事をして、結婚も二度して、数年前には子どもも生まれました。ほかの友達とおなじように桔梗くんはわたしの頭からすっかりいなくなって、数年に一度、同窓会の話があっても、来るのかな、とも思わないし、いまどうしてるのかな、とも思わなくなって、誰だってそうかもしれないけれど、桔梗くんの顔はもちろん、どんなふうに好きだったかとか、どんなに苦しかったかも、もうぜんぶ忘れてしまいました。忘れたことも忘れるくらいに、どこにも、あとかたもなくなってしまったのです。

でも、わたしは一年に一度、桔梗くんの夢をみるのです。

場面はいつもおなじ、中学校の三年校舎の廊下です。もうすぐ卒業だ、これで本当にお別れだという春の初めごろのある日、誰もいない廊下で、桔梗くんとすれちがったのです。ほんの数秒が、目のまえに立ち塞がる巨大な何かのかたまりのように思えてわたしは息ができなくなるほど緊張しました。そして、もう本当に最後だから何か言わなければと焦るのだけれど、けっきょくわたしには桔梗くんの目を見ることさえもできませんでした。もしかしたら桔梗くんのほうから声をかけてくれるかもしれないと期待していたのかもしれませんが、そんなことがあるわけもなく、あなたはわたしを無視して、いつも一瞬でいなくなるのです。

それが本当にあった出来事なのかどうか、わたしは桔梗くんのことはぜんぶ忘れてしまったからもうよくわからないのですが、とにかく、何もかもがくっきりとして現実との区別がうまくつけられないようなその夢のなかでは、わたしはいつもおなじ廊下で、桔梗くんに声をかけられずにいて、そのことを後悔しつづけているのです。目が覚めた直後はその苦しさをひきずってもいるので、いつまでこんな夢をみるのだろうと少々昏《くら》い気持ちにもなりますが、十分もすると、よくまあこんなありがちな夢を何年も何年も定期的にみられるものだなあと、自分の無意識のつまらなさに辟易《へきえき》して、そしてそんなこともすぐに忘れてしまいます。いわゆる初恋の思い出というのは、わたしの場合だいたいこんなような、どこにでもある凡庸な内容と継続だったのですが、ある日、ちょっとしたことが起きたのです。

ある日、あなたの妻だという女性からメールが届きました。

今から六年前の当時、ブログに公開していたアドレスに届いたそのメールには、わたしへの罵詈雑言が改行もなく句読点も不規則な文章でしきつめられており、一度読むだけでは何が書いてあるのかうまく理解できなかったのですが、とにかく桔梗くんの妻を名乗るその女性は、わたしを激しく非難し、そして怒りをぶつけていました。そして自分がどのようにして桔梗くんに出会い、恋をし、どれほど深く彼のことを愛しているのかについて、書いていました。それらを注意深く何度か読んで整理してみると、どうも彼女は、わたしと桔梗くんの関係を疑っているらしいのです。どうしてこんなことが起きるのか理解できるはずもなく、わたしは呆然としてしまいました。そしてひどく混乱してしまいました。一度、両思いになっただけの、その時点でもう二十年近くも何の音沙汰もなかった同級生の男の子の妻を名乗る女性から、どうしてこのようなメールが届くのか。そのメールの最後には、必ず返事を出すように、とありました。とはいえ、何を返事すればいいのでしょう？　どう対応すればよいのか不安に思っていると、数日後にさらにひどいことが書かれた二通目のメールが届きました。そして返事がない場合は、こちらにも考えがあると書かれていました。考え？　わたしはさんざん迷ったあげく、たしかにわたしと桔梗くんは同級生だったけれど、中学を卒業してから音信不通でいっさいの関係がないこと、何かの間違いではないだろうかというような内容の短いメールを書いて送信しました。そしてその数日後に、わたしは騙されないから、とだけ書かれたメールが届き、それが最後になりました。

　メールの内容から、彼女が桔梗くんの妻だというのは事実であると直感しました。そして、おそらくテレビか新聞かでわたしを偶然に目にした桔梗くんが、中学時代のなんてことないエピソードを彼女に話したことで妄想が生じた、というのがだいたいのところなんじゃないかと思います。いずれにせよ、他愛もない話です。しかしわたしはそのメールのやりとりをしてから数ヶ月、面白いほどに体調を崩し、ほとんど外出できないくらいに沈んだ日々を過ごすことになりました。ふだん面識のない人から言われる様々なことには何も感じないので、この一件の何がそれほどまでにダメージだったかが理解できず、そのことがまたわたしから力を奪ってゆきました。仕事をする気持ちにもなれず、憂鬱で、ただぐったりしてしまうのです。まるで呪いだな、と思ったのを覚えています。

彼女の書いていたことはすべて事実無根でしたが、その怒りは本物でした。そして、おかしなことを言うようですが、その怒りが今もまだわたしに向けて放たれつづけていることを、ひしひしと感じるのです。会ったことも見たこともないあなたの妻の怒りと憎しみを、わたしは日々、たしかに感じているのです。いったいこれは何なのでしょう。もしかしたら彼女は、わたしが今でも桔梗くんの夢をみていることに怒っているのではないだろうか。ふと、そんなことを思うのです。わたしが今でもこっそりと桔梗くんの夢をみていることをどういうわけか彼女は知っていて、それを憎んでいるのではないか。十五歳のわたしが何度も夢のなかで彼女の知らない桔梗くんに会い、話しかけることもできずに苦しみ、そしてそれを繰り返すたびに、誰にも奪うことのできない何かを少しずつ、たしかに、強くしている——そのことを彼女は憎んでいるのではないだろうか。どうでしょうか。こんなばかばかしいことを考えるわたしだから、あなたに嫌われてしまったのでしょうか。いずれにせよ、もう、確かめようのないことばかりですね。
まだ生きているのだから可能性としては絶対とは言えないのに、けれど、もう二度と会うことのないだろう人にむけて手紙を書くというのは、あんがい不思議なものですね。そして、どこかにたしかに存在しているのに、でも、もうどこにも存在してはいない人にむけて手紙を書くというのも、やっぱり不思議なものですね。桔梗くん。どうぞ、お元気で。

川上未映子

二階堂ふみ

貴方と、

今日はとっても暖かい日でした。遮光カーテンを開けてみたら、ぽかぽかとお日様がお部屋を照らして、久しぶりにストーブを点けない朝を過ごしました。貴方のお部屋に、同じ光が差していたのかな。それだといいな。

良い何かを感じたら、貴方もそれを感じているのかなと、嬉しい気持ちになります。逆に大雨だったり、寒い日が続くと、この手の冷たさを感じているのかなと心配になったりします。

貴方と同じ空間を共有できていなくても、貴方と訪れた場所に出向くだけで、貴方の温もりを間接的に肌で感じます。

私の中だけで完結してしまうことだけど、貴方が同じ何かを感じていると思うだけで、嬉しくなるし、楽しくなるし、幸せな気持ちでいっぱいになります。

目の前のアイスが、ただただ溶けていったあの時の感覚は、時たま思い出したり、思い出してみたり、する。

明日早い？　とか今日はどんな日だったの？　とか互いの未来や感覚を探るように、春になったら「春だね」って言ってみたり、季節が変わるごとに他愛もない言葉を紡いでみた。

脳裏って言葉の感覚を、たぶんこの部分かな？　とおでこの裏側をぱかっと開いて見せる事ができたら、全てが簡単なのにと思うようになった。

そこはきっと前頭葉なのかな。わからないけれど。

そこの部分から発信された文字列は口まで到底及ばなくて、ぽろぽろ落っこちていった文字たちが身体の中で空中浮遊しているかのような感覚になる。

人間って、難しい。

最低限の欲求さえ満たしていけば、生きていけるのだ。

その他の死に伴うリスクはわからないけれども、生きていけるはずなのだ。

お腹が鳴ったら、胃に栄養を詰め込んで、喉が砂漠を感じたら、透明の繋《つな》ぎで潤して、深い黒景色に変わったら瞼を閉じて、明日を待つ。

そんなループの中で、オレンジ色を連想するような、例えば映画を観てみたり、小さい頃からドキドキするタータンチェックのお洋服を身に纏《まと》ってみたり、質素という単語で片付けられがちな営みを繰り返すだけで私は十分に生きているような気がしていたのに。

青空が視界に入ったら、貴方を思い出す。

貴方とこんな空の下、ピクニックに行きたい。バスケットセットを貴方の好きな物でいっぱいにして、舌から感じる幸福を触れ合いたい。

心臓がどくんと脈打つような芸術に触れたら、貴方を思い出す。

貴方とこの感覚を分け合いたい。フィクションでも現実味の無い彫刻の彫りも、一緒に目の当たりにしたい。

貴方という存在が、私の日常の大半を占めていて、でも貴方は私という存在とは別の生として隣にいて。なんだか、空虚な気持ちになってしまうのだ。

確信に満ちた真っすぐな目を感じたら、欲求を満たす為の動作すら取れなくなってしまう。年甲斐も無く、子供に戻ったように顔を固めて、貴方の優しい手のひらを待つしか方法が無い。

あの日の事を思い出しては、優勢になれていた自分を懲らしめたくなって少しの誇らしさと、皆無の余裕を見出そうとする。

とても恥ずかしい。

本で知った言葉とか、学校で学んだ表現とか、持ってるもの全てを駆使してみようとするほど、滑稽な自分と対峙する。

なんて恥ずかしいんだ。なんて恥ずかしいんだ。

やっぱり思う。

頭の裏、見せられたら。

上手にこぼさず、文字を並べられたら。

喉の奥を見せ合いっこして、残った言葉をピンセットで摘みたい。

だから貴方に手紙を書いた。

心臓の奥に見え隠れする私も知らない私と、頭の先から足の先まで理解できている確認作業を、真っ白な便箋に綴ってみれば、誰のためでもなく、貴方が何となく俗っぽい表現で呑み込んでくれるような気がしたから。

貴方になれない私へ、私になれない貴方へ、手紙を書いた。

言葉の先にある文字を吐き出して、時たま現れる寂しいモンスターを打ち消す作業を繰り返すしか他ないから。

毎日にうつつを抜かして、毎日に投影して、毎日に心を動かして。

貴方の存在を肩で感じながら、私という他人を垣間見られれば、それで良いような気もしてしまうから。

なんて、ね。

西川美和

ラブレター

ずいぶん返事を出すのが遅くなってしまいました。

お手紙をありがとう。とても嬉しかったのを、憶えています。夜更けに仕事から帰って来て、松陰《しょういん》神社前のアパートの郵便受けを開いたら、宛名に「君へ」とだけ書かれた、消印もなく、切手も貼られていない封書が一つ入っていた。すぐに分かったよ。あなたが、登戸《のぼりと》の家からことこと電車に乗ってやって来て、投げ入れてくれたのだと。投げ入れて、私の居ない私の部屋をたぶん一度くらいは見上げてすこし考えて、そしてたったひとり、来た道をまた戻って行くあなたの姿を思っただけで、みぞおちに錐《きり》の先端を突き立てられるようなきもちがした。私は、鉄階段を駆け上がりながら手で封筒の口をちぎってやぶって、二階の廊下の薄暗い蛍光灯の下で読み始め、片手に握った家の鍵をドアに差し込む前に、便箋四枚に綴られたその手紙をぜんぶ読み切ってしまった。

あれは確か、お別れの手紙だったよね。愛の言葉の綴られた、熱い熱い、お別れの手紙。たまらなかった。あんな手紙を人にもらったのは初めてだったから。私は「さようなら」と締めくくられたその手紙を読み終えるや否や、とるものもとりあえずあなたに電話をしてしまったのでした。ね。そうだったでしょ。違ったっけか。なにせ二十年も前のことだから。私も記憶がとぎれとぎれよ。——憶えていない？　何を憶えていない。電話のことをか。手紙のこともか。嘘だね。それは嘘だよ。あなたはそういうことを忘れる類いの男ではない。もし思い出せないのだとしたら、それは忘れてしまったからではない。無かったことにしたいというあなたの強い念に、海馬が気圧《けお》されているだけである。わかりました。では、萎縮した海馬を鼓舞するべく、その素晴らしい手紙の一部を、以下にご紹介致しましょう。どうぞ！

＊

例えば楽しかった日などにうちに帰ると、あるわけの無い未来だと分かっていても、こんな喜びをキスをしたり抱きしめたりして、君に伝えられる日が来るのかもと思ったり、悲しかった日などはもうただただ消えてしまいたくなったり真夜中に起き出して、それはそれは寂しくて一人多摩川のほとりでこの月は君の居るところから見えるのだろうか、君は見たのだろうかと、まるで思春期の乙女のごとく頬を濡らす日々をくれた君に今はとても感謝しています。（中略）君の立場に立てばぼくのような男より君が選んだ素晴らしい男と結婚して幸せになったほうが最終的にはぼくにとっての幸せにもつながると思っています。通常気づいた時点で身を引くのですが、どうしてもどうしてもあきらめきれず、クレイジーなことをさんざん言ってしまい、申し訳ない。しかし手前勝手なことを言わせて頂けば、一生のうちで一度くらい人に執着し、無様に追いすがることがあって良かったと思っています。ほんとうに好きだったんです。君の美しさも醜さも全部ひっくるめて抱き締めたい。でももう二度と君を惑わすようなことはありません。安心してください。とても悲しいんです。本当の事を言うと自分が誰かを愛することで、その人を困らせたり、傷つけたりすることに疲れました。本当に疲れました。(中略)すべてが夢だったのです。でもこれだけは現実です。人を好きになりました。たしかに人を愛したのです。ぼくは生きていたんです。ありがとう。そしてさようなら。とてもとても幸せになってください。追伸、俺のほうが愛してたと思うんだけどなあ(笑)。

＊

どうですか。どう思いますか。こんなことを、ひとに書く男を、私は今も昔もあなた以外に知りません。皮肉ではない。感動したんだ。ほんとうに。私は胸打たれ、あなたのことばに、賭けてみることにしたわけだから。そして三年つき合って一度として「ＡＩ」という音声を発してみせなかった大友さんをぽいと棄て、あなたと一緒になったわけだから。

この後さらに追伸があり、この手紙は一度読み切ったら二度と読み返さないこと、すぐに始末することを約束してくれと書かれていたけれど、私は約束を守りませんでした。後生大事《ごしょう》に箱の中にしまいこみ、松陰神社前のアパートを出るときも、経堂《きょうどう》の2Kを引っ越すときも、今の家に移ってからも、あなたからの贈り物や、ふたりで買った色んな品や、他の思い出は様々に捨てたけど、ただこれだけは、その都度読み返し、また箱の奥底にしまい込むのを繰り返して来たのでした。知らなかったでしょう。知るわけないわ。あなたは私のことを、ちっとも知らないのよ。まあ、それは今いい。とにかく初めの幾年かは、ほんとうに宝物だった。読み返すごとにあなたの言葉に励まされ、私たちふたりの原点を見るような懐かしさを覚えていたのだけど、それがいつからか、大掃除のたびにちらと見かけても、手に取ることさえなくなった。失われた楽園の果実の甘さについて記された物を、砂漠の上で読まされるような気がしたからだ。自分が今立っている足下の、砂地の乾きを思い知らされることが恐ろしかったし、甘ったるいだけの果実に夢中になったかつての自分が愚かに思えて忌々《いまいま》しかった。そして、いつかこれを、あなたを決定的に断罪するときのための物証として使ってやろうと思うようにもなった。契約不履行を責め立てる時の、証拠書類であると。嘘つき！嘘つき！　嘘つきめ！　と。

今ではそのどれでもない、まったくふしぎなきもちです。旧い旧い祖先の写真や日記を見るような。「これがお前のヒヒヒヒヒイおばあちゃんだよ」と言われても、まるでピンと来ないみたいにね。あなたはどうかな。これを書いたのはほんとうにあなたで、ここに書かれている「君」とは、ほんとうに私？　ほんとうにきれいな愛のことば。うっとりするほど、遠いおとぎ話。こんな風に他人に思ってもらうことの出来たあの時の女の子は、一体どこへ行ってしまったんでしょう。それはこっちが訊きたいよ、とあなたには、言われてしまうかもしれないね。

時の流れや、生活や、習慣や、経済や、互いの家族や、育ちや思想性の違いやらが、さまざまに私たちの、はじめに出会ったころのふっくらとした思いを、試し、摩耗し、見る影も無いほど痩《や》せさせてしまった。互いを不幸にさせることなんて一度も望んだはずは無かったのに、私たちはそういう色も匂いも名も無き悪魔に、ふたりで団結して立ち向かう術を探らず、ただそのかされるがままに互いを潰しあった。命を宿すこともなかった子供のせいにするのは可哀想だけれど、互いの存在のほかに目のやり場も、気のまぎれようも無かったことは、やっぱり一つの大きな要因だったのかもしれません。いつのまにかあなたのことばは何もかも色あせて私には響かなくなり、私はあなたに耳を貸そうともしなくなった。たくさんあなたは私を裏切ったし、私はたくさんあなたをないがしろにした。気がつけば、あなたが私に対する愛の云々についてぷっつり口を閉ざしてしまってからの年数は、大友さんが愛を語らなかった年数を、とうに超えました。ふたり、力を合わせてやったことは、たくさんの、貴重な時間を殺したことです。

それでも私は、仕事から帰って来て、表の通りから家に灯が点いているのが見えれば足取りが早くなってしまうのよ。エントランスで鞄の中をごそごそ探って鍵を出さなくてもインターホンを鳴らせば中から解錠してもらえること。扉を開くと、音楽や、テレビの音が聴こえてくること。木枯らしの吹く季節に、部屋の中が温かいこと。お風呂のお湯が温まっていること。作ってみたかった料理を作れば、一緒に平らげてくれるひとが居ること。腹の立つニュースを見た時に、舌打ちをするのが自分だけじゃないこと。雨の降り出した夜に、表に干していた洗濯物が取り込まれていること。または、雨が降り出したのに取り込まれてもいないことに、文句を言えること。悩んだ末にようやく買った、すてきなグラスがある日ぱっかり割れていること。くだらない諍《いさか》いがおこること。諍いの収め方をしくじったことが、気にかかって何も手につかなくなること。昼間の失敗を思い出し、枕に突っ伏して「最悪」とつぶやけば、「何が」という声が隣から戻ってくること。夜中の地震で目が覚めたとき、はっとして摑む腕があること。窓の外、空に浮かんだ月がおどろくほどきれいだったとき、見て、と言う相手が居ること。それがあなたであること。

簞笥にしまっておいたきれいな愛はいつの間にか目減りして底をついていたけれど、私はそんなとるに足らない、実につまらない事のひとつひとつに、人生を、この二十年をたしかに支えられて来たのです。そういったことの価値のために、ほかのすべてに目を瞑《つむ》り、引き換えにして来たことは、私の弱さだったのかな。いや、あなたと居たことで深めた孤独も絶望も、なかなかであるが、しかし同じことならひとりしずしずと漬け込んだ孤独なぞよりそれを私は、自分の人生だと誇ることが出来る。二十年、ありがとう。

いつからか、決めていたのよ。あの手紙をもらってから二十年経って、私たちふたりがまだもし一緒に居たら、その年の結婚記念日に、返事を書こうって。あんなに充実した愛の手紙に対する返事がこんなふうになるとは、もらったころの私にしてみれば、たいへんがっかりでしょう。やはりあなたのようにひとに喜んでもらえるような文章は書けないわ。でももしもう二十年あなたと私が一緒にいることがあるようならば、またその時にでもお返事をくれてみると面白いかもね。旅行から戻ったころにあなたに届くように、向こうに着いたらポストに投函するつもりです。

夫へ。とてもとても、幸せになってください。

壇蜜

あなたの仕打ちへの「お返し」

お久しぶりです。会わなくなってもう大分経ちますね。私の姿は時々雑誌やテレビで見ていると思うので元気かどうかなんて野暮な話はしません。私も今あなたが元気でも病気でもどうでもいいのでそんな事は聞きません。

私の記憶が確かならば今年であなたも37歳になったはず。出会って15年経った現在、私のことを、あなたが私に「やってきた」ことを記憶から除外しようとしているのではないかと疑って今回手紙を書きました。私も過去のことを他者に掘り下げられ「今更時効でしょそんなこと」と思うときもありますが、あなたの私への仕打ちが時効になりそうな今、私の気持ちを手紙にしたためることくらい許されてもよいのではないでしょうか。

15年前、あなたは男3人で私の大学にて開催された文化祭にナンパ目的で来ていましたね。思うような成果が上がらなかったのか、はたまた誰でも良かったのか、大学から帰宅しようと一人歩いていた私に声をかけ、「メアドおしえてよ」と教えてもらえること前提で話しかけてきたのです。アドレスを交換した後別れ際、他の男友達があなたを小突きながら「お前アレでいいわけ?」と囁《ささや》いていたのを背中で聞いたことは今でも忘れません。恐らくあなたの私へのぞんざいな態度をなじったわけではなく「お前あんな女でいいわけ?」の意だったであろうと解釈していましたが、合っていますか? 私は振り返ることができませんでした。それ以上にあなたに声を掛けられたことが嬉しかったからです。

あなたは顔立ちも端整で、体も華奢で、ブランドものの服を着て……とにかく私が今まで声をかけられたり交友した数少ない男性たちと比べると群を抜いて「カッコイイ」人でした。私がそれとなく話しかけても全く相手にされなかったバイト先の一番カッコイイとされている男性スタッフよりもずっとカッコよかったのが、あなたでした。そんな男性に声を掛けられ、夢を持つなと言うほうが無理でしょう。この時からあなたと私の「パワーバランス」が決定しましたね。デートも、セックスも、話の内容も全てあなたが主体。恋の魔法にかかっていた私はそれすらもカッコイイと評価し、あなたと並んで歩くために「従う」日々を楽しく過ごしていたのです。それだけ、あなたの顔は私にとって大切なものでした。

カッコイイのであなたが留学と成績不振のため2年ほど留年していたことも、何をプレゼントしてもありがとうも言わずお返しも無いことも、バンドを組んで家でギターを弾いてミュージシャンを目指していることも、何をやっているか分からないサークルに入りそこにいる一番キレイな女生徒と関係をもったことを自慢げに話していたことも、全て感心しながら聞いていられました。こんなこともありましたね。あなたの誕生日に「お祝いをしたい」とメールをしたら「19時に三軒茶屋の駅で待ってて」と返信をもらい、私は嬉々としてプレゼントと携帯電話を片手に駅前で待っていました。「着いたよ」とメールをしたのですがそれから電話もメールも一向につながらなくなりましたね。4度「ワン切り」をされすぐに出たのに、あなたはすぐに電話を切りまた掛けなおしてもつながらなくなる……そんなことを3時間やっていて、あなたは楽しい誕生日の思い出としていたのでしょう。その時もまだ、私に魔法はかかっていました。あなたが私に連絡をくれたのがそれから10日後でも、あの3時間の出来事を話そうとしなくても。

そしてあなたは卒業年次になるとあちこちの音楽会社にオーディションを受けに行っていましたが、私が知る限りご縁が無かったことを記憶しています。お笑い芸人の発掘オーディション、大手広告代理店、テレビ局、映画配給会社、大手出版社……当時あなたが手当たり次第に就職試験を受けていたジャンルは覚えています。夏休みにアシスタントディレクターのアルバイト面接にも行きましたよね。あなたは都会の金持ちお坊ちゃまで人を小ばかにしてもされたことはなく、足蹴にしてもされたことはない人でしたから、2日で辞めたのも今では良い思い出として他者に話しているのでしょう。そこで私は気付くのです。「ああ、この人はメディアと呼ばれる業界に並々ならぬ憧れを抱いている」のだと。メディアの世界に意欲的なあなたもカッコよかったので、日増しに落ち込みながらも私からの電話はちゃんと無視するぶれないあなたから離れようとは思いませんでした。

卒業間近にオーディオの販売員としての就職が決まり、一足先に社会へと飛び出していったあなたは私からも飛び出していったようで、携帯電話番号もメールアドレスも生活と共に一新する完璧主義ぶりには驚かされました。新しくできた彼氏にそのことを話すとあなたを「さよならが言えない弱虫」だと言ったので一応かばっておきました。「優しい人なのかも」と。その人はかなり年上でバッタのような顔をした離婚歴のある男性でした。随分よくしてくれましたが、海外出張を控えており、そこでも私は切り離されるのでした。時々あなたを思い出してはカッコよかったなぁと思う20代中盤は、思えばあっという間でした。魔法はしつこく私にかかっていたのです。それから月日が流れ、数年ぶりにメールをもらったときには私は26歳になっていました。

「俺結婚させられた」……なんて斬新な表現だと驚きを隠せませんでした。「結婚させられた」。つまり、自分の意思ではない結婚というイベントにまきこまれ、嫌々ながら区役所に行き入籍し、不本意ながら披露宴を行い、仕方が無く新婚生活をしている……そんなことを一文で連想させるこの表現、あなたのことをカッコイイと再度確認した瞬間でした。コピーライターの養成所は面倒だと言って行かなかった割にはまだ実力は衰えていませんね。しかし、そこであなたは文末に「まだ好きだ」と言うから、そこで魔法が解けてしまったのです。

それから7年余りの年数が経ち、私はテレビや雑誌に時々顔を晒す人になりました。いつ仕事がなくなるか分からない、不安定で殺伐とした所です。憎悪と羨望の間で粛々と仕事をしています。娯楽の象徴は楽しいという感情など持ってはいけないのです。これが、15年前あなたが尽力しても入れなかった世界の一部です。ここにあなたは光を見出していたでしょうが、私は粛々と「光などない」と思いながら働いているのです。この気持ちの温度差をいつまでも保つことが、カッコイイあなたが私にしてきた仕打ちへの最大の「お返し」です。あなたの仕打ちがなければ備わらなかった気持ちですから。先ほど元気でも病気でもいいと言いましたが、ごめんなさいそれは嘘ですね。お返しはまだ完済していません。出来るだけ長生きしてくださいね。

それではお幸せに、お元気で。

大好きなあなたへ。

追伸：この手紙をあなたに送ろうと思ったのですが、あなたの住所が分からないため持て余していたら「ラブレターを書く」というこの企画に出会いました。
あなたのお陰です。ありがとう。

小池真理子

亡き猫のための恋文

ゴマちゃん、今、どこにいるの？　天国？　それとも猫専用の霊界があって、たくさんの猫の霊と一緒に日だまりの中でうつらうつらしているのかしら。

ゴマフアザラシの子供みたいに、丸い顔、大きな黒い瞳、なんともきれいな、白でもなくグレーでもない、ちょうどその中間みたいな色のやわらかな毛で被われていたあんたに、ゴマ、という名前をつけてから、十七年間、片時も離れずに過ごしましたね。よくも飽きずに、と思うけれど、飽きるどころか、ゴマちゃんは母ちゃんの唯一無二の恋人でもあったから、ゴマちゃんがいれば人間の男に冷たくされても、悲しい目にあわされても、平気でした。

そんなあんたがいなくなって、かれこれ二十年近い歳月が流れました。母ちゃんは、本当にすっかり年をとって、おばあさんになっちゃった。朝起きた時からもう、疲れている日もあって、あんなに毎日、あんたの遺影のまわりに飾るための花を摘みに、森の小径を一日中、歩きまわったり、あんたが好きだったキャットフードや鶏のささみを煮たものとか、猫用のおやつを買いに行っては供えたりしていたのに、いつのまにか、なんにもしなくなってしまいました。ごめんね。でも、ゴマちゃんを忘れたことは一日だってありません。

あんたは自分のことを猫だと思っていない、変な猫でした。母ちゃんがたまに紐遊びとか、アルミホイルを丸めて投げてやるとかして遊んであげようとしても、さも面倒くさそうに、ちょっと相手をするだけで、あとは生あくびをかみころしたみたいな、退屈そうな顔をしていたものです。

外で野良猫と出くわすと、関わり合いになるのは面倒くさいとばかりに、すぐに家に帰ってきたし、窓ガラスの向こうに見える木の枝に野鳥が飛んで来ても、じっと眺めているだけで、別段、興奮もしなかった。これはちょっとほめすぎかもしれないけれど、小さな哲学者みたいに見える時もありましたっけ。夕暮れどきなどに、窓辺でじっと猫らしい丸い背中を見せながら、暮れていく空を眺めているあんたの、ひっそりと静まりかえった後ろ姿は、母ちゃんなんかが想像もつかない難しいことを考えているように見えて、近づきがたいほどでした。

でも、母ちゃんは、ゴマちゃんにいろいろな話を聞いてもらいましたね。ゴマちゃんがうちに来た直後、ゴマちゃんと入れ代わるように離婚して家を出ていった夫（あんたの前では、父ちゃんと呼んでいた人です。父ちゃんもあんたのことが大好きでした）のこととか、新しくつきあい始めた男の人の話とか、今、考えていること、不安に思っていること、悲しいこと、どんなつまらないことでも、ゴマちゃんにはなんでも話せたし、ゴマちゃんは全部理解してくれたと母ちゃんは勝手に思っています。

だって、ゴマちゃんは本当に人間の言葉がわかっていたんだもの。昔、「ねえ、ゴマちゃん、ごはん、って言ってごらん」と母ちゃんが言ったら、あんたは即座に「ゴアーン」と返してきました。母ちゃんは面白くなって「うまいうまい。じゃあね、次は、かーちゃん、って言ってみて」と言ったのよね。そしたら、あんたは大きな顔を少し傾け、何かを一生懸命に考えているふうに母ちゃんのほうをちらりと意味ありげに見上げたかと思うと、しぼり出すようなだみ声で「おがーん」って言ってきたのです。

そうか、かーちゃん、とは言えないけれど、おがん、とは言えるんだ、かーちゃんもおがんも同じことだ、と母ちゃんはそれはそれは感心して、よく晴れた静かな秋の日の昼下がり、窓の桟《さん》が、黄ばんだ畳の上におぼろな影を落としている中、黙ってぎゅうっとあんたを抱きしめたものでした。

母ちゃんは今も、あんたと一緒に暮らした家に住んでいます。そして、あんたと一緒だった時と似たような生活を繰り返しています。起きるのはいつも朝八時過ぎ。朝ごはんを作って食べて、家の中を簡単に片づけて、天気のいい日は洗濯をして、森に出て少し散歩したり、買い物に行ったり。昔と違って、あんまりお腹もすかないから、お昼ごはんは前の晩の残りご飯で握った、小さなおにぎりをひとつ食べる程度。午後は仕事場に入って書き物をして、あっと言う間に日が暮れて、また夕ごはんを作って食べて、あとは眠くなるまで本を読んだり、考え事をしたり、テレビを観たり。ちっとも代わり映えのしない毎日です。

ゴマちゃんがいないから話しかける相手もいなくて、かといって、誰かと電話で話したい気分にもなれず、何日も誰とも話さずにいることもあります。そんなふうに、誰とも会わず、ろくに人と話もしない暮らしをしていても、母ちゃんの中には過ぎてきた時間の記憶がみっしりと積み込まれているので、退屈することはありません。

いろいろなことを思い出します。今日、ふっと思い出したのは、ゴマちゃんが死んで数年後、ほんの少しの時期、おつきあいのあった男の人のこと。頻繁には会えなかったのだけど、とても楽しくおつきあいしていて、そのうちゴマちゃんと暮らしたこの家に招きたい、手料理をふるまって、朝まで一緒にいたい、なんて幸福な想像をしていた矢先でした。その人はとても悲しい顔をしながら、家庭の事情があるので、もう会えなくなったと打ち明けてきました。

最後になった日、その人の運転する車で母ちゃんとその人は、何の目的もなく、その人が住んでいた田舎の町の、人通りの少ない道を走りまわりました。コーヒーを飲むために道沿いに並ぶ店に入ることもなく、ドライブインに車を停めて話をすることもなく、ただ黙ったまま、ずっとそうやっていました。そして、もう日も暮れて暗くなったころ、その人は深く悲しそうなため息をついた後で、母ちゃんを電車に乗せて家に帰すために、小さな小さな駅の前で車を停めました。

いつのまにか雨が降り出していて、フロントガラスには雨の滴が水玉模様を作っていました。駅の一つしかない改札口の明かりを受けて、それはきらきらと、場違いなほどきれいに光っていました。

もうこれで最後だと思うとやりきれなくて、悲しくて、別れの言葉をどうやって口にしようかと思って、母ちゃんは涙をこらえていました。その人には家庭があって、初めからいつかはそうなることがはっきりしていたので、覚悟はしていたはずなのに、母ちゃんはやっぱりだめね。弱虫ね。いざ、最後となると、心底、つらくて悲しくて、ああ、またひとりになる、たったひとりで生きていかなくてはいけない、なんて思って、だらしのないことだけれど、いい年をして取り乱しそうになってしまったのです。

そんな時でした。運転席に座ったまま、悲しい顔をしていたその人が、突然、「あれ？　何だろう、これ」と怪訝な声をあげて、はいていた黒いズボンをこわごわ見つめたのです。

指をさしたあたりに母ちゃんが目を移すと、彼のズボンの膝部分に、白くて細い毛がびっしりこびりついているのが見えました。そう。まるでゴマちゃん、あんたを膝に乗せて抱っこした後のように！

「これ、猫の毛じゃないか？」とその人は言いました。「でも、そうだとしても、どこでくっついたんだろう。おかしいね。僕は猫を飼っていないし、触ってもいないし。だいたい、今日はずっと車から降りなかったのに」

どうしてかしら、と母ちゃんも言いました。胸がどきどきして、喉にピンポン玉が押しこまれたようになりました。震える手でそっと指をのばして、彼のズボンについていた白い毛をつまんでみました。

細くてやわらかな毛でした。何度も何度も母ちゃんが見て触って知っていた……着ているものやベッドの布団やフェルトのスリッパ、ソファーやカーペットのいたるところ、洗濯機で洗った衣類にまでこびりついていた毛……それは、ゴマちゃん、間違いなくあんたの毛でした。

「もしかしてこれ、ゴマちゃん……だっけ？　前にあなたが飼ってたっていう、猫の毛？」とその人は訊いてきました。考えてみれば、すごくおかしな話をしているというのに、その人は落ち着いていました。母ちゃんはおずおずとうなずきました。

「僕は死んだゴマちゃんからやきもちをやかれているんじゃないか、って、ずっと思ってた」とその人は言いました。大まじめな言い方でした。「やっぱりそうだったのかな」

どう答えればいいのか、わかりませんでした。涙があふれてきました。死んだ猫が現れて、別れようとしている男の膝に飛び乗ったなんていう話、いったい誰が信じてくれるでしょう。でも、現実に起こったことだったのよね、ゴマちゃん。あんたはあの時、本当にあの人の膝に乗ったのよね？　どうして？　別れないでください、母ちゃんのためにずっとそばにいてやってください、って頼むために？　まさかね。猫はあんたに限らず、自分以外のことには無関心。だから、そんなお節介なことは一切、しないはず。

第一、母ちゃんはあんたの亡骸を焼きに行った時、あんたが小さな小さな骨だけになって、どれがどこの骨なのかもわからないまま、きれいな灰のようになったのを確かにこの目で見ています。柔らかかった白い毛はあの時、ごうごうと燃えさかる火の中で焼き尽くされたはずなのです。だから、どんな理由があるにせよ、ゴマちゃんがあちらの世界から戻って来て、たくさんの毛をあの人の膝にくっつけることなんかあり得ないのです。

ゴマちゃん、それにしても、あれは本当に不思議な神秘的なできごとでした。この話は誰にもしたことがありません。真顔で聞くことのできない種類の話を誰彼かまわず話したって、意味がないことですものね。

こうやってあんたのことを思い返している時には、必ずあのできごとが顔を覗かせてきます。同時に、母ちゃんが生涯を通じて真に愛したのは、ゴマちゃん、あんたしかいなかった、とはっきりわかるのです。

今日も気温は下がっているけれど、空は気持ちよく晴れています。一週間前、思いがけず大雪になりました。積もった雪は溶けずに凍りついて、今日のようにさんさんと陽差しが降り注ぐ日は、屋根の軒先から休みなしに、ぽたぽたと溶けて滴り落ちてきます。その音はとても優しい。

覚えていますか、ゴマちゃん。あんたを抱っこしながら、ちょうど今日みたいな冬の日の午後、光があふれる部屋の窓辺に座っていると、屋根の上で溶けた雪が水となって、家の軒先からぶら下がっている氷柱をすべり落ち、滴ってくる音が聞こえてきたものです。あんたは眠たげに目を細め、母ちゃんもそのうちぼんやりといい気持ちになってきて、いつしかうとうとしてしまう。案じられること、悲しいこと、切ないことや腹立たしいことも、なんだかすべてどうでもよくなってきて、耳の奥では規則正しく落ちてくる水の音だけが聞こえている。腕の中に抱いた猫がずっしりと重たく感じられることを除けば、五感すら徐々に溶けるように麻痺していって、ああ、これが幸福ということなんだな、至福なんだな、と母ちゃんは思ったものでした。

すっかりおばあさんになってしまった母ちゃんは、あとどのくらい生きられるのかわからない。この先、どんな暮らしが待っているのかもわからない。ひとりで老いていくことは不安だし、さびしいし、怖いです。時々、うめき声をあげそうにもなってしまいます。

でも、そんな中で、ゴマちゃん、あんたと過ごした時間を思い返している時の充実感はかけがえがありません。そこには確かに母ちゃん自身が生きた証がある。刻みこまれて消えない、優しい記憶がある。

吹き過ぎていった風は大嵐だったこともあったけれど、危うく吹き飛ばされそうになったことだって、何度もあったけれど、どんな風もいつかは不思議に鎮まって、後には凪いだ景色だけが残されました。

母ちゃんの前にある道はまだ、もう少し先まで続いているみたいです。だから、むやみと諦めたり絶望したり、怖がったりしていないで、このまま道の続きを歩いていこうと思います。最後の最後まで、もくもくと静かに歩いていこうと思っています。

ゴマちゃん。わかるかしら。この手紙は、昔、母ちゃんをあれだけ慰めて励ましてくれた、一匹の雄猫に捧げる熱烈な恋文なのです。どんな時だって、母ちゃんのそばにそっと寄り添っていてくれた猫のぬくもりが、今も母ちゃんを生かしてくれている。ゴマちゃんのおかげです。大好きです。うっとりするほど、今も変わらずにあんたが好き。

ゴマちゃんがこれを読んでくれますように。手紙の内容を理解してくれますように。神様、仏様、猫大明神様、どうかこのラブレターを天国にいるはずの、ゴマフアザラシの子供によく似た、ちょっと哲学者みたいな雰囲気の猫、ゴマちゃんに届けてくださいませ。母ちゃんからの手紙だ、と言ってくださいませ。よろしくお願いします。

母ちゃんより

横尾忠則

タダノリ君へ

タマでーす。私がいなくなったことで君は随分落ち込んで悲しんでいるよーですね。私はなんともないよ。薄情なヤツと思わないでネ。私は人間と違っていちいち感情に振り廻されるってことがないのよ。これが猫の習性なの。

君は私と十五年ひとつの屋根の下で生活をしたことで必要以上に情に重きを置いていますネ。私から見ればひとつ屋根の下ではなく二つ屋根の下なの。君は私の飼い主と思っているけれど私からすりゃ君は私の同居人なのよね。人間的概念では私を飼育していると思っているはずね。でもその考え方は違うのよ。私からすれば君達夫婦を住まわせてあげていると言うべきかな？　人間と違って私たちの世界では主従関係は無用なのよ。人間も猫も平等なの。だから「君」なんて呼ぶのよ。あなたたちは親子関係や経済関係を利用して上下差別をするでしょう。

私たちにはそれがないの。あるのはテリトリィを守ることだけ。私は雌猫でその上避妊手術をされているので特にテリトリィが屋敷の敷地内だけ。雄猫と違って雌猫は行動範囲がうんと限定されているの。だからここだけが私の全世界なの。私と君とのテリトリィはベッドの上だけ。ここだけが二人の共通のテリトリィで他はバラバラね。ストーブの上やタンスの引出しや小箱の中や庭の草むらは私だけの場所で君はそんな所で寝ころがったりできないでしょ。君のテリトリィは私と共通のベッドと便所と応接椅子ぐらいじゃない？　それでも私は季節によってテリトリィを次々変えているけどね。これで充分十五年間飽きずに来たのよね。私は死んだ時生まれて初めて家の上空から近所の様子を見たわ。樹が沢山あってなんて綺麗な街だと思った。そしてこの街が成城だということも知った。君がいつも自転車で門の外へ出ていくのを毎日のように見送っていたけれど、一体どこへ行くのだろうとも思わなかったし、君が絵描きさんだってこともこちらに来て初めて知ったわけ。

現在玄関には私の祭壇を作ってくれたり、庭に私を埋めてくれて「タマ霊園」なんて名づけてたりしているけれど、私は私の肖像画や墓地などには一切興味ないわ。確かに住んでいた私の家は懐かしいけれど、人間の持つ郷愁のような感情はないの。だけど以前の家は私のテリトリィだから同じ家をこちらにも作ってもらっているのよ。誰が作ったかって？　神様じゃないわよ、私の記憶がそれを作ってくれるの。だからわざわざ前の家に行く必要がないの。

君の意識の中はこちらからは全部読めるわ。君はいつも「タマが幽霊になってでも来ないかな」と想っていることをちゃんと知っているわ。だからすでに五回夢の中に現れたでしょう。夢を利用すればそちらへの通路ができるのよ。いつも君の想念は風のようにヒュー、ヒューと私のところに届いているわ。だけどそれにいちいち応えるのは君の成長にとってそれほどいいことじゃないので、私の方で控えるけれど君のことを忘れるということはないし、君が君の人生を終えてこちらに来る日までは待ってあげているから安心したまえ。私と君の第二ステージはこちらで再び始まるから、心配しないで好きな絵でも描くことよね。去年君が足をケガして以来病気がちだったことは私が生きていた頃から承知していたわ。だけれど私がこちらに来てからは君の躰のことは手に取るようにわかるのよ。このことが心配だったので神様に祈りました。そしたら神様は君にお注射をしました。すると元気になりましたが元のわずらわしい人に戻りましたよネ。猫の私でも地上のことがこんなに解るんだから人間が死んだらもっと色んなことが解ると思うわよ。

君はベッドで眠っている私を抱っこしてよく聞いたわね。「タマは一体どこで生まれて、どのようにしてわが家に来たの?」と。私はウザイことを聞くひとだと思っていたけれど、今ならちゃんと話せるから話してあげる。私は百合ヶ丘という所で年老いた婦人の家にいたんだけれど、その人が知らない内にいなくなったために捨てられた形になったの。そんな私を若い夫婦が拾ってくれて、しばらく彼等との生活をしていたけど、その主人が会社の社宅に移ることになって引越すことになったその日、不動産屋が私を預かってくれたんだけれど、君の家の近くでその人が車を降りた瞬間、私は逃げ出して、君の家の裏庭に入ったの。周囲が塀で囲まれていたのでここが安心だと思い思わず勝手口から家の中に入ったというわけ。そしたら奥さんが食べ物をくれたの。このくらいでいい?

食べ物で思い出したけれど、君は私によく食事の時、魚や肉をくれたよね。猫は魚ならなんでも食べると君は思ってか、執拗に食べさせようとしたよね。私はあのしつこさが大嫌いだったの。だからプイと部屋を出るのよ。君は性格的に思い込みが激しいの。思い込みのテリトリィをはずして身体的に生きて下さい。君は自分の考えを押しつけようとするけれど、時々遊びにくる長女は私の気持になってていつもつき合ってくれたので、心が落ちついたのよね。君の自分本位のところは少し直した方がいいと思うわよ。

文句だと思わないで聞いてちょうだいね。君がリモコンで私のお尻を叩いてくれるのが大好きでした。でも君は私のためというより自分の遊びのためですよね。それでいいのです。私たち猫は遊びたい時に遊ぶ。なぜかというと感情が遊びだからです。遊びが感情です。人間は遊びを考えようとします。猫は感情で遊ぶわけで、そこにセーターを編む玉があればそれで遊べます。ボールがあればそれに乗ります。本当に遊びたいからです。人間は遊びの背景にストレスがあります。そんなストレスから解放されたいために遊んでいるのです。私たちはストレスがないから本当に遊べるのです。

君を見ていておかしいと思うのは、無理矢理病気を探してすぐ病院に行くことです。私たちは生まれながらに自然治癒力が備わっていることを知っています。

人間に飼われている猫は病気になるとすぐ動物病院に連れていかれます。では野良猫は？　彼等は具合が悪いとジッと動かないで自然の力で治します。自然に生きていれば自然に生きられるのです。神とは自然と対応する時の状態ではないでしょうか。猫に説教されていると思わないで下さい。君は説教をされるのが好きでしょう？　私のことを愛してくれている君なら私の説教も有難いと思いません？　ホッホッホッ。私は君が考えている以上に成仏しているのですよ。むしろ君の成仏の方が私には心配なくらいです。

タダノリ君、どうぞ猫のように生きて下さい。君は老いと死を恐れていました。まだ完全とはいいません。少し、いや、かなり残っています。老いも死も妄想です。妄想は穴を埋めていくことです。君のやっている芸術とかは空洞を埋めようとしています。空洞は空洞としてスカスカでいいのです。今の芸術はつめ過ぎです。

愛も空洞でいいのです。現在は私の言うことと真逆が愛だと思われています。君が昔興味を持っていた地球空洞説でいいのです。愛は強迫観念から空洞を恐れます。君の場合、老いていく中での才能があるとすれば、枯れるというのではなく空洞の思想じゃないでしょうか。

タダノリ君、この私からの手紙は君へのラブレターです。どうか私、タマ、猫のように生きて下さい。困った時はいつでも私に思念を送って下さい。すぐあなたの心の中に飛んでいきますから。裏庭のタマ霊園に眠るタマより。

山本容子

7+2

まずは、昨日届いた七枚目の葉書の返事です。

比叡平《ひえいだいら》のアトリエのポストに毎日届いた絵葉書は、日付もスタンプも違っていたけれど、絵はすべて天使がモチーフで、画面いっぱいに描かれたロココ風の天使像は似通い、あまりおもしろくありませんでした。そして、たいてい一行しか書かれていない文面に、首をかしげていました。だって、はじめに到着したのには、「日付順に読んで下さい。と書いて昨日出した葉書に、AIRの文字を書き忘れたので、SHIP便になっているかもしれません。SHIP便が第一信です。」次の日には二通届き、日付は同じで場所が異なっていました。「ホテルから出したのと、郵便局から出したのは、どちらが先に着くのかが心配。これは郵便局から。第四信」、ホテルからの便には、「SHIP便は、一ヶ月かかるかもしれません。」一九八三年のことでしたね。第五信には、「寺山の訃報は、本当かしら？」友人の寺山修司さんの病状の悪化を心配されてのことでしょうが、私には返信をする術がありませんでした。宛名面の消印はベルギーでしたが、ホテル名がなかった。寺山さんは亡くなっていましたよ。出国する前に会いに行かれたのは聞いていましたから、ご心配の気持ちは理解出来ました。たしか、寺山さんはあなたより四歳年下でしたよね。前衛演劇への興味から、美大に進学した私に、劇団「天井桟敷《さじき》」の仕事について、リアルに話してくれた時、小劇場という呼び方に、インテリジェンスを感じていました。「パリに到着。」、「もうすぐ、帰国します。」と、二通が届き、SHIP便もまもなく手元に届きました。「これから送る七枚の絵葉書の七つの文字を順番に読んで下さい。」まるで、高松次郎さんの版画「この七つの文字」みたいだと思いながら、七枚の天使像を並べてみたら、背景の緑の森に文字が隠されていることに気付きました。届いた順だと、「L・V・O・E・Y・O・I」、順序よく読んでほしいという意味が、やっとわかりました。お土産のエドワード・リアの「ナンセンス・アルファベット」ありがとうございました。大切にします。

した。私達の年齢差などクソクラエの同棲生活は十四年続き、その後は、音信不通でした。ああ一度だけ、犬のルーカスが亡くなった時、FAXを送ったら、「知らせてくれて、ありがとう。」というFAXが返ってきました。そして、東北大震災の日に、あなたの訃報がはいりました。その後新聞で、命日が三月三日だと知った時は、驚きました。その日はあなたと犬猿の仲だった父の命日です。震災という大変な年と、父の命日を二つ重ねて、あなたは私に思い出すことを強要しているように感じました。今年の夏、二人で暮した鎌倉のアトリエを整理していたら、鎌倉に引越す前の、東京のボロ屋で私に書いてくださった小さな文章が、出てきました。ここに書き写すことを、お許し下さい。

愛

ひとりの女性に出会って愛したというのは正しくない　愛しているから出会ったといわなければならない　愛する女性というのはそうでしか出会えないからだ
出会ったときにああ愛してきたというのが愛　愛しているというのはことばの使

い方が間違っている　愛してきたといわなければならない　そう愛というのはいつも現在完了形としてあらわれる

六十二歳になった今は、順序よく思い出すことが出来ません。「更級日記」を書いた、菅原孝標女《すがわらのたかすえのむすめ》のように、人生をふり返り、ささやかな風景として感じられる、時間の重なりしか作り出せないナンセンスを楽しんでいます。いただいた七枚の絵葉書の七文字に、「D．U」の二文字を加えて返信します。I LOVED YOU.

天国のDIEUへ

from YO

to YOU

俵万智

心に墓を建てる

今朝ユニークな郵便局がテレビで紹介されていました。届けることのできない思いを書いた葉書を送ると、局長さんが目を通し、預かってくれるという郵便局です。その名も「漂流郵便局」。もともとは一か月限定のアート作品としてつくられたものだったのが、期間を過ぎてもなお多くの葉書が寄せられるため、続行されることになったのだそうです。

今、もしあなたに手紙を書くとしたら、ここに送るしかないのだなと、ふと思いました。そんな今を生きていることに、あらためて驚きます。そして悔みます。

君の死を知らせるメールそれを見る前の自分が思い出せない

友人からメールがきたとき、一瞬意味がわかりませんでした。だって六十代の働きざかり。脳出血で突然亡くなるなんて、あんまりです。これが小説だったら、なんと嘘くさい筋書でしょう。

誰よりも知っているのにああ君をネットで検索する夜がある

新聞各紙に載った訃報は、あなたの人生をほんの数行で表していました。検索をかけると、他にも、あなたの仕事について書かれた文章や、友人として登場するブログなどが出てきます。それらを目で追いながら、何やってるんだ私は、と思いました。

さよならの後の暗黒　地下へ地下へ地下へあなたは潜っていった

傲慢かな。あなたが「地下」を作品のテーマにしはじめたとき、ひと気のない、そんな場所へ行かせたのは私だ、と思いました。

後に作品について語りあったとき、何度かそのことを聞いてみようとしてやめたのは、迷ったからではなく、むしろ確信していたからです。それでも、一度は聞いてみるべきだったかもしれませんね。ただ、一連の作品であなたが高い評価を受けてしまったものだから、なんだかそれが「私のせい」ではなく「私のおかげ」というニュアンスになりそうで、ますます聞けなくなっちゃった。

来年はもう届かない年賀状「近いうちに」と書いた手思う

去年、二度も私の住む島に来ていたことを年賀状で知りました。「トンボ返り」とはいえ、電話ぐらいくれてもよかったのに……と思いつつ、あなたの苦笑が浮かびます。「その電話ぐらいを、まったく寄こさないのは、きみのほうだろう」。

そしてあなたは、こうも言います。「一回目や二回目に電話したところで、きっときみは忙しいって言うんだ。二回も来たのに、連絡もしてくれなかったの？そう思ったところで、ようやくぼくは電話する」。

面倒くさい女で、ごめん。たぶん、その通りです。正直に言うと、年賀状を手にしたときから、私は久しぶりの再会を心待ちにしていました。今思えば、年賀状を手にしたときに、電話すればよかった。「なんで連絡くれなかったん?」と抗議すべきでした。ものぐさな私に、せっかくの機会をくれていたのが、あの一枚の葉書だったのに。「近いうちに」という言葉に油断させられました。

見送りは心ですますと決めたから畑にニラを摘む昼下がり

お通夜にもお葬式にも行きませんでした。そこであなたに会えるわけではないから。「大切な人を亡くしたら、心に墓を建てる」という友人がいて、とても好きな考えかたです。私もあなたのお墓を心に建てます。そして花の水を取りかえるように、あなたの言葉、表情、ともに過ごした日々を思い出していこうと思います。

恋という遊びをせんとや生まれけん　かくれんぼして鬼ごっこして

自転車を漕いで初めて会いにゆきし日のスピードを思いつつ漕ぐ

「もし」という言葉のうつろ人生はあなたに一度わたしに一度

桐野夏生

懐かしい伯父様へ

長いご無沙汰をしております。

そちらでは、いかがお過ごしでいらっしゃいますか？

お別れをしたのは、伯父様が七十九歳、私が三十五歳の時でございましたね。

あれから四十五年もの月日が流れました。

そして今日、私は伯父様がこの世を去られたお歳より、一歳年上になりました。

八十歳。皺くちゃのオバアチャンです。

でも、伯父様はきっと、老婆になった私でも可愛いと思ってくださることでしょうね。伯父様はあらゆるものに美を認められる、稀有な方でしたから。

私は、伯父様が亡くなられた歳を超えるまで生きたら、伯父様に最後の手紙を書くのだ、とこの日が来るのを心待ちにしていました。

この世からあの世へ。たった一通だけ手紙が届くならば、伯父様が待っておられるのは、伯母様からのお手紙ではなく、きっと私の手紙に違いありませんから。

私がお宅に嫁いだ時は、二十一歳。とても若うございました。義理の息子に、気の強い嫁がやってきたと、伯父様はたいそう面白がっておられました。

手紙を交わすうちに、伯父様は恋情に苦しむようになられました。私も伯父様が大好きでした。そして、伯母様方の嫉妬も、ただものではなくなったのです。ずいぶん意地悪をされましたっけ。伯父様はそれに気付かれて、若い私を守ろうとしてくださいましたが、叶いませんでしたね。

手紙は盗み読みされるのでやめることになり、会うこともままならなくなりました。やがて、伯父様の動向はあまり聞かされなくなったのです。

伯父様が亡くなった時でさえ、伯母様は私にだけ報せてはくださらなかった。「一人になって、若い愛人と暮らしたい。そして、若い女が男と愛し合うのを見たい」と、よく仰っておられましたね。

私も伯父様の願いなら、何でも応えられたように思います。伯父様の小説のモデルになることも、何とも思いませんでしたもの。

誰にも言いませんでしたが、亡くなった日、伯父様は私の夢に現れて、別れを告げにいらっしゃいましたね。ありがとうございます。

あの世でも夢をご覧になれるのでしたら、私が亡くなる時は、伯父様の夢に現れて「これから行きますよ」と申し上げましょう。

いずれお目にかかれる日を、心より楽しみにしております。これが私が伯父様に書く、最後の手紙です。


さよなら。

三月二日

千

懐かしい伯父様へ

小島慶子

不機嫌なあなたへ

あなたはいま23歳で、一人暮らしを始めたばかりですね。その陸橋のわきの細長いマンションは、窓から富士山が見えて素敵だけれど、憧れの新宿の夜景はちょうど反対側にありますから、あなたはそうやってときどき部屋の隅の窓に顔を押し付けて、横目で眺めているのですね。首が痛くなりますから、ほどほどに。

初めての一人暮らしにしては、なかなかいい部屋ではないですか。西向きの角部屋、21平米。家賃は7万5千円ですか。ずいぶん贅沢ですね。ええ、わかっています。あなたは大きなテレビ局のアナウンサーになったのだから、安全で便利な場所に住まなくちゃならないのでしょう？　いまは新しい世界を存分に楽しめばいいのですよ。そんなに悲観しないで。あなたはテレビ画面に映る自分をみっともないと気に病んでいるけれど、あなたが思うほど世間の人は気にしていません。時々テレビに映るというだけで充分珍しいのですから、いいではないですか。

ああ、あなたのお母さんのことですね。今は私もひとの親になりましたから、多少の親心は分かります。彼女は、愛情も心配も、ああいう形でしか表現できないのです。もちろん、それがあなたを苦しめているのは知っています。なにしろあなたは、それがもとで心を病んでしまったのですから。

けれど今は、私は彼女がそのような形でしか人と関われなかったことに幾ばくかの同情をしているのです。彼女もまた、じたばたと幸せになろうとした不器用な女の子だったんだと、離れてしまった今なら思うこともできるのだけれど。

また今日も買って来てしまったのですか。そうやっていくつものコンビニ袋を下げて帰ってくるときのあなたは、ずいぶんと陰気で、切羽詰まった顔をしていますね。夢中になってお菓子やパンを食べ続けるのは、苦しいでしょう。傍目にはだらしない食いしん坊ですけれど、あなたは食べて食べて、自分を忘れているのでしょう? 毎日食べては吐いて暮らしているなんて、テレビを見ている人も、恋人も知らないことです。

なにもそんなに律儀に、自分の出た番組を見なくたっていいのですよ。なんでも人と比べないで。あなたは昔から、どこにいても調子外れで浮いてしまうけれど、それも長い目で見れば長所なのです。ほんとうですよ！　いまは気に食わないかもしれませんが、もっと自分を労《いたわ》ってください。一生懸命やっているじゃないですか。

行くあてもないのに、また今夜も一人で街を歩き回るのですね。胸の真ん中にいつもすうすうと風が通っているようなその寂しさは、テレビに出たって、彼氏がいたって埋まらないでしょう。あなたは遠くの家々に灯る明かりを見ながら胸を切なくしています。それはまるで、もうとっくに死んでしまった自分がこの世を眺めているみたいな不思議な気持ちです。あなたを思い出している私も、そんな感傷に浸っているのかもしれません。

灼けつくようなあなたの孤独を慰める言葉はすぐには見つからないけれど、一ついいことを教えてあげましょう。あなたは「まさか」と言うでしょうね。だけど、ほんとうのことですよ。

いつかあなたは生まれた街に帰って、あなたのことを大好きだと言ってくれる3人の男性と暮らすでしょう。ええ、3人もです！　そのうち二人は、驚かないで下さいよ、うんと年下です。なんと30歳以上も離れています！…これ以上は言えません。まだまだ先のことですからね。きっと覚えておいて下さいよ。

たぶんあなたはこの先何度も、死んでしまおうと思うことがあるでしょう。だけど人生はいつも、愉快な謎かけを用意しているのです。どんなに目の前が暗くても、それを忘れないで。何一つ光は見えなくとも、人生に期待して下さい。大丈夫、あなたはひとりではないのです。

ではまた。あなたは私のことが大嫌いみたいだけど、43歳の私は全霊であなたを祝福します。あなたが生きていることに、感謝します。ありがとう。

西オーストラリア・パースより、心からのハグとともに。

姫野カオルコ

悲しみのロマンス

『僕に憧れている女は、自分の不幸も忘れて僕のために泣く』

あなたは昔、そう言った。

『僕に憧れている女は、僕の幸せについてだけしか考えない』

そう言った。あなたは昔。

「どうしよう」

私は昔、そう思った。

「どうしたらいいんだろう」

そう思った。私は昔。

発奮《はっぷん》できず、憤慨《ふんがい》もできなかった。

自分に憧れている女が自身の不幸も忘れて自分のために泣くという発言をする

ような男にそそられるには、そんな男がおまんこに与えてくれる気持ちよさを、別の日には知っている必要があるし、この発言を傲岸だと怒るには、おまんこが気持ちよくなることを、どの日にも期待したことのない清さが要《い》る。

どちらでもなかった私は平凡なハイスクールガールだった。

新潟市の兵藤英子さんは私立星稜女子短期大学の二年だったから、オブラートに包んであったものの、要約すれば発奮したと便箋に書いてきた。滋賀県立甲賀高校2－1の小梶真紀子ちゃんは、自信過剰で道徳心が足りないと、発言したあなたではなく、発言を伝えた私を怒った。

兵藤さんは便箋だが、小梶さんは面と向かってだったし、しかも怒られたものだから、私は説明しようとした。

『僕に甘えてほしいなら、とにかく僕を甘えさせなくてはだめだ』

あなたは昔、そうも言っていた。それを私は小梶さんに伝えて、こうしたことは、あの人一流の発言であり、やり方なのだと。そのてんは、私もよくわかったので説明できた。

小梶さんは、怒りをひとまず静めたものの、そんなやり方は一流ではないと承服しかねる顔をした。小梶さんが「一流」の意味をまちがえて聞いたことに、平凡な私は気づかなかった。それに、小梶さんにした以上の説明が、私はできなかった。

だから、あなたが発言するたび思ったのだ。どうしようと。だから、困ったのだ。どうしたらいいんだろうと。

「こんなふうに言われたときに、どうするとあなたに近づけるのだろう」

私は昔、わからなかった。

あなたから言われることなどないことはわかっていたが、こんなふうにあなたが言ったとき、どうする人をあなたは気に入るのかだけは知っておきたかった。あなたがよろこぶことを知りたかった。あなたがいやがることも『みんな《tout》、みんな《tout》』知っていたかった。

『僕に憧れている女は、なんでも僕のことを知っていて、それについては誰もかなうものはいない』

あなたは昔、そう言っていたが、あなたについて知らないほうが、あなたは気に入り、

『きみにあげよう、すべての船、すべての鳥、すべての太陽、すべてのバラ、きみを驚かすようなすべてのものを』

と囁《ささや》くのだろうと、こころのさびしいかたすみで気づいていた。私は昔。

あなたが昔、夜中に性欲があふれて苛々し、女を呼び出し、『上から下まで服をはぎとって』、しゃべるなと命じ、自分勝手な処理に及んだことについて、

『やつは貪欲で、貪欲で、そうさ、やつは貪欲なのだから。貪欲なのさ、ぼくの欲望は。興奮のあまりに愛していると叫ぶのであって、たのむからひとことも言わないで、そんなことは何にもならない』

そう言ったことにも、煽情《せんじょう》されるよりも不安がまさった。『そんなことは』の『そんな』が何を指しているのかわからなかったからだ。

ただこれだけの関係だった。

ただ、これだけの。

咳をすれば『空に飛んでゆく』『1グラム弱』の。

これだけで、しかし私は、恋をしていた。

はじめは大嫌いだったのに、ある日突然どきんと心臓が大きく鳴るという、ま

ったくもっての恋。

あなたは11歳でパリ音楽院のソルフェージュで首席になり、日本語はしゃべらなかったから、歌詞だけがあなたの発言で、私の耳がいつも聞くのは、あなたの歌う声とあなたが弾くピアノ。私の目がいつも見たのは、あなたの写真。あなたの写真は、ありとあらゆる雑誌と新聞にあふれていた、昔は。

ただこれだけの、1グラム弱もない関係で恋をしていた私は、よって、兵藤英子さんが星稜女子短大を卒業後に就職してすぐに妻子ある上司を離婚させて結婚して離婚して再婚しても、小梶真紀子ちゃんが滋賀県立短期大学を卒業して幼稚園の先生になってお見合いして子供を五人産んでも、おまんこを使う恋と無縁だった。

使いたくないと思っていたのではなく、使いたいと思ってくれる人に会わなかった。それなのに使いまくっているように思われ、それを使っていないと言うなど嘘つきの蒲魚《カマトト》だと謗られたりしたのは、ただただあれだけの、1グラム弱もなかったつながりに、全身全霊で恋したからだと思う。

京都会館で握手をしたのだから、ちゃんと肉体関係もあったのだ。

あなたの手の平のかんしょくを、私の皮膚はおぼえつづけてきた。

今でも、胸がしめつけられる。あなたの歌声を聞くと。

現在が西暦何年なのかがわからなくなり、どこに立っているのかがわからなくなり、今なにをしているのかわからなくなり、失神する。

だから今は、あなたにふれないように注意している。歌にも写真にも。

『僕に憧れている女の、心の中に僕はいる』

あなたは昔、そう言った。

『ホリデーズ、オー、ホリデーズ、あれほどの空、あれほどの雲を、きみはわからない、きみの年齢では、人生がきみを疲れさせる。なんと死は遠いのだろう、ホリデーズ』

あなたは昔、そう言った。

今でも好きです、ミッシェル・ポルナレフ。ずっと大好きです。


姫野註・タイトルならびに文中『　』内は、ミッシェル・ポルナレフ『悲しみのロマンス』『ファン・クラブの皆様へ』『渚の想い出』『素敵な欲望』『囚われのプリンス』『愛の休日』より。

山中千尋

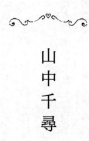

より良き日のあなたへ

これをお読みになったら、あなたは気づいてくださるでしょうか。わたしが、この手紙をあなたに宛てて書いているということを。

わたしたちの出会うために要した時間はだいぶ長いものでしたが、出会い方はあまりに唐突でした（考えてみればおそらく、唐突でない出会いというものはないのかもしれません。もしあるのなら、知りたいものです）。フォークやスプーンやナイフがそれぞれ収まっていた場所から、とつぜん選び出されてテーブルの上に並べられるみたいに、わたしたちは偶然に数時間のあいだ、機上で隣り合ったのでした。ついでですから、この手紙では、あなたがフォークでわたしがスプーン、ということにしましょうか。……ごめんなさい。特に意味のない冗談です。

それまで全く面識がないにもかかわらず、いえ、かえってその場限りの関係だからこそ、これまでのあなたの人生に降りかかったことや、心に抱えるものを、あなたはざっくばらんに、お話しくださったのかもしれません。

ご家族があなたを残したまま海に消えてしまったことも、あなたが子どもの頃からお酒を飲み過ぎてしまうことも、決してあなたのせいではありません。深刻な内容にもかかわらず、それは音楽のように、わたしの身体にすっと入り込みました。あなたの穏やかな声は、耳にとにかく心地良かった。お話の途中で、思わずそっとあなたの手を取りたかったくらい。奇異かもしれませんが、わたしは指先で音の居場所を確かめるくせがあるのです。

あなたと出会うべき状況で再び出会ったとしたら、一緒にお酒を飲んで、ちょっと羽目をはずせたら楽しいかなあと思います。少しばかり酔ったら、酔いをさましに一緒に泳ぎませんか。わたしの家の近所に女子校のプールがあって、夜中良いけれど、深夜のプールは同じくらい愉快なものです。元気な女子高生で賑《にぎ》わう昼間のプールも良いけれど、深夜のプールは同じくらい愉快なものです。

暗い水面はさざめき、ちぎれた白い月がきらきらと光っている。水に体を沈めれば、全てがゆるやかになり、世界が遠くなります。しばらく何も見えないまま、そして見ないまま、深海魚のようにあてもなくプールの中を漂ってみたい。そういえば子どもの頃、図鑑の背表紙にあった〝われもこう〟は深海魚の名前だとすっかり信じ込んでいました。〝われもこう〟はバラ科の植物で、ルビーのような色をした小さな花をつけます。ご覧になったことありますか。

しばらく水に身をまかせたら、こんどはどちらが速く泳げるか、競争しましょう。実はわたし、泳ぐのが大好きなのです。あなたもきっとそうではないかしら。水しぶきをあげて泳いでいれば、懐中電灯を持った警備員さんがあわててやってくるかもしれません。そうしたら勢い良くプールから飛び出して、二人で違う方向に全速力で逃げるのです。あなたは右、わたしは左に。学校の2ブロック先の角に24時間営業のドーナツ店がありますから、そこで落ち合いましょう。二人ともずぶ濡れですが、気にする必要はありません。店にいるお客の誰もがその時間は眠りに落ちていて、店員さんはマニュアルにない余分なことは一切言わないはず。温かいものを飲んで疲れを癒《いや》したら、置き去りにされた自転車のペダルを漕ぎだして、夜中のトライアスロンを続けましょう。

窓の外の雲をながめながら、そんなことをぼんやりと考えていました。

今日もひとりでフライトです。

あの後、飛行機が大幅に遅れたこともあって、互いの乗り換えに間に合うため、長い空港の廊下を走ったことを思い出しました。後ろを振り返ることもなく、まったく別な行き先に向かって。わたしはすっかりあなたを知っているような気持ちになっておりましたので、名前も連絡先も交換することを忘れていたことに気づきました。トライアスロンは続きます。いつかどこか、ゴールのあたりでお会いできるのを、とても楽しみにしております。

松尾スズキ

片桐はいりさんへ

片桐さん。片桐はいりさん。

あなたを初めて見たのは、30年ほど前、確か、ミスタードーナツのCMでした。凄い存在感の女優がいるもんだな、東京ってのは怖いところだな、と、正直思いました。

それから、その東京で私は芝居を始め、あなたが『ブリキの自発団』という小劇場の女優であることを知りました。

小劇場をやるものの憧れの聖地「下北沢ザ・スズナリ」で、その劇団の芝居を観た印象は、

「おっしゃれだなー！」

というもので、当時をときめく日比野克彦氏を起用した舞台美術や、トリッキ

ーな衣装、主演の銀粉蝶さんの美しさは、それまでブスな女優ばかり出る、貧乏くさいアングラ芝居ばかり見て来た私にとって衝撃的で、中でもやはり圧倒的な存在感と演技力でもって芝居をけん引する片桐さんは、ただただおもしろく、入り口がテレビだったこともあり、もう、遠い世界の人としか言いようがなかったのです。

しかし、私がある日、こ汚い居酒屋で仲間と芝居の打ち合わせをしていた時、突然、現実の人として私たちの前に姿を現しました。

あなたは自分の劇団の公演のチラシをその居酒屋に置いてもらうように店員に交渉していたのでした。

「まじか……」

と私たちは呟きました。

遠い世界の芸能界の人が、我々と同じ、わりと惨めなことをやっている。サングラスも帽子もつけずに。

あのとき、私は俄然あなたのことを、

「素敵やな！」

と思ったのです。二人とも同い年なので、26歳くらいの頃でしょうかね。

それから数年、私もあれでしょうね、がんばったんでしょうね。『マシーン日記』という芝居であなたを演出することになりました。

そして思いました。

この女優、はんぱねえ！　と。

自分のところの劇団員以外で、私の演出にこれほど献身的に答える女優を始めて見たのです。私は、あれは、夏でしたねえ、あの芝居に心血を注ぎました。

そして、『マシーン日記』は、20年たった今でも再演を重ねる代表作的な一作になりました。時を経て女優も代わり、ついにパリ公演も果たしました。主役のケイコは、片桐さんにインスパイアされて書いたものなので、女優が誰に代わろうとも、片桐さんの分身が常に宿っています。

そう、パンフレットに書いたら、それを読んでまんまと泣いてましたね。そんなあなたが大好きです。

公私ともに、あれからずいぶんと片桐さんと親しくお付き合いさせていただいてます。見知ったときは20代。出会ったときが30代。頻繁に仕事をしていたころが40代。そして、二人とも50代になってしまいました。

今年、久々に映画にがっつり出演していただきました。あの時間も、楽しかったなあ……。

たまにお互いの芝居を観に行き、その後、飲んだりする時間が本当に楽しいと思える、本当にあたたかいと思える、数少ない仲間です。

人生も折り返しをとうに過ぎ、お互いの店じまいもそろそろ始まろうという境地に至ってきましたが、いつまでも仲良くしてください。

大好きです。

加藤千恵

岡村靖幸様

こんばんは。今は夜で、少し寒くて、先日発売になったばかりの岡村さんの新曲である「彼氏になって優しくなって」を聴きながら、この手紙を書いています。ラブレターを書くなんてめったにないことで、緊張しています。内容についてずっと考えていたのですが、結局うまくまとまらず、頭の中が混乱したまま、書きはじめてしまいました。

「彼氏になって優しくなって」、とても好きです。めちゃめちゃかっこいい！イントロだけの宣伝映像が発表されたときから、そのわずか十数秒で、わ、岡村ちゃん（普段はこう呼ばせていただいております、ごめんなさい）の曲だ！と興奮してしまい、発売がずっと待ち遠しかったです。カップリングの「ちぎれた夜」も、胸を強くつかまれたように、息が詰まるように、あらゆる種類のせつなさを内包した曲で、繊細で、短いけれどいろんなことを思い出すものでした。今月はライブもありますね。ものすごく楽しみにしております。

今までわたしが、一番多くライブに行ったミュージシャンは、間違いなく岡村さんなのですが、岡村さんが登場する直前にいつも少しだけ泣きそうになってしまいます。

それはなぜかというと、ライトで照らされている、会場を埋めつくすお客さんの表情が、例外なく、岡村さんを待ち焦がれていて、まるで恋のさなかにいる人のようになっているからです。それはもう年齢も性別も関係なく。自分では確認できませんが、きっとわたしもそうなんだと思います。ここにいるみんな、岡村ちゃんが好きで好きでたまらないのだ、と考えると、その思いの強さに、なぜだか泣きそうになってしまうのです。

岡村さんはよく、モテたい、とおっしゃっていますよね。以前対談させていただいたときにも、そのお話になり、わたしが、面倒そうだからモテたいとはあまり思わないです、と言うと、驚かれたのを記憶しています。一方でわたしも驚いていました。だってこんなにモテているのに！　と。こんなにもモテて、それでも足りないなんてどういうことなのだろう、なんて思っていました。

でも曲を聴いていて、ライブを観ていて、考えたことがあります。岡村さんはとてつもない愛を振りまいているのではないかって。

作曲も作詞もダンスも演奏も、わたしはなに一つできないのですが、作り手の端くれとして、創作のつらさを感じることはあります。

何かを作るというのは、孤独な作業ですよね。それは、仕事仲間とか家族とか友だちとか恋人とか、そういう人たちがいるとかいないとかはまったく関係なく、圧倒的に。つらくてしんどくて、泣き出したくなるほど心細くて、消耗して削られてしまうものなのだと思います。どうしたって、真っ暗な中を、一人きりで手さぐりで歩かなければいけない。

実際に数字にしてくらべることはできませんが、おそらくわたしが感じている、数倍も数十倍も、岡村さんはそうした思いを抱えているのではないかと勝手に想像しています。

それでも岡村さんがなおも、素晴らしい曲をつくりつづけたり、息を止めてしまうようなすごいパフォーマンスを見せてくれる理由は、愛なんじゃないかって思ったんです。

ビートルズが、人が受け取る愛の量というのは、その人が与える愛の量に等しい、と歌っていましたが、もしかしてそれは真実なのかもしれないという気がします。そう考えると、愛を与えつづける岡村さんは、愛を受け取りたがっているのではないかと、納得してしまうのです。

話がまた変わってしまいますが、はじめてお目にかかった昨年、ライブ後の岡村さんの楽屋で、わたしは自分が何を言ったのか、あまりの緊張で全然憶えていないのですが（さらに正直に告白すると、何度かお目にかかった今でもそうです）、帰り際に、ありがとうございました、と言ったかと思います。おそらく。もちろん、ライブ後でお疲れのところにご挨拶させていただけた感謝でもあったのですが、実はそれだけじゃなかったんです。

わたしがお礼を言いたいのは、岡村さんが存在して、歌っている、その姿そのものに、なんです。

以前、岡村さんが登場する小説を書き上げたとき、岡村さんがいたから書けた、と感じました。でもよく考えてみると、その小説に限らず、岡村さんの作りだす曲を聴いてきたから書けた作品というものがたくさんあります。

さらに言うと、それは小説に限りません。岡村さんがいたから、やれた仕事があるし、できた友だちがいるし、抜け出せた悩みがあるし、浮かばれた思いがあります。

だからしょっちゅう、本当にしょっちゅう、岡村さんにお礼を伝えられたらなって考えています。でも全然正しい重さで伝えられる気がしなくって、こうして書いていても、不安になってしまうくらいなのですが。

ありがとうございます。本当にありがとうございます。

ありふれた言葉でしか表現できなくてごめんなさい。

わたしは自分の人生がこれからどんなふうになっていくのか、全然想像もつきませんが、岡村さんのことはずっと好きだと確信しています。昨日も今日も好きだったし、明日も好きです。

もしまたお目にかかれることがあったなら、そのときは、もう少しお話しできるように頑張りたいです。お目にかかれるたびに、黙りこくってしまう自分に、内心戸惑ったり後悔したりしております。

寒い季節ですが、くれぐれもお体を大切になさってください。長文乱文失礼いたしました。それでは。

加藤千恵

松田青子

白鳥に憑かれた王子（クリストファー・マーニー）へ

小さな頃からずっと、物語に出てくる王子が嫌いでした。ディズニー映画や童話など様々な作品に王子は登場しましたが、よく出てくるけど退屈だからどうでもいい人だと判断していました。幼稚園から中学生くらいまで死ぬほど下手なりにバレエを習っていたのですが、バレエ作品の王子もとにかく退屈な存在でした。私が通っていた田舎のバレエ教室には男の人がほとんどいなくて、発表会になると、ほかのバレエ教室から男性ダンサーを借りなければなりませんでした。発表会の日、目の前に現れた借り物の王子は、厚化粧も白いタイツの股間のふくらみも幼い目にはグロテスクでしかなく、ますます王子のことが苦手になりました。

王子という存在は見てくれが良いだけで中身はからっぽ、ただただ無力で、ぼんやりしていて、常にうっすら笑顔なのも不気味です。とくに『白鳥の湖』の王子は酷いです。いくらなんでも白鳥と黒鳥を間違えるのは人としてきつい。そんな人が将来統治する国に住む国民が不憫《ふびん》です。おまえの愛はそんな薄い愛だったのかとずっこけそうになりますし、もう眼鏡をかけて踊ってはどうかと進言したくなります。うわーん、ごめーんと悲愴感を出されても、同情する気に少しもなれません。

ですが、マシュー・ボーン版の『白鳥の湖』に出てくるあなたは違いました。幕が上がった瞬間から、あなたの顔は苦しげで、ずっと眉間に皺が寄っています。堂々たるあなたの病みっぷりに、私の王子に対する印象が一瞬で覆されました。あなたが感じている、尋常じゃないほど深い孤独と抑圧には、はっきりとした理由はありません。もちろん王室に生まれるというのは大変なプレッシャーだと思いますが、自分の生まれた環境を受け入れ、女王の期待に応え、孤独をそっと胸に隠し国民に笑顔で手を振るということが、あなたにはストレスでしかありません。ガールフレンドも美しい姫君たちも、あなたの目には映らない。自分でも原因不明の孤独であなたの魂が震えているのが、寂しい！　と全身全霊で叫んでいるのが、手に取るようにわかりました。どちらかというと小柄で、幼さを残した顔立ちのあなたは、クラシック版でこれまで描かれてきた従来の王子とは、だいぶイメージが異なります。しかし、少年性と繊細さを備えていることが不可欠なこの作品では、あなた以上にぴったりな人はいないでしょう。

あなたは幼い頃から一羽の白鳥に見守られて育ちます。見守られるというのは、憑かれているのと同じことです。成長したあなたが人生に絶望し、命を投げ出そうとした瞬間、白鳥ははじめてあなたの前に姿を現します。白鳥と踊るあなたは、心底嬉しそうで、愛を受け入れてくれる存在に出会えて安心したように見えます。これまで見たことのあるバレエ作品で、リフトされるのは常に女性ダンサーでした。あなたが男性ダンサーが演じる白鳥をふわっとリフトするのをはじめて見たとき、新しい世界の手触りに心が震えました。その後、王室のパーティーに黒い服を着たストレンジャーとして現れた白鳥は、現実世界で機能できなくなる状態にまであなたを追い込みます。あなたのことを一人占めしたいあまり、この世界であなたが生きていけなくなるよう白鳥が最終手段に出たように私には思えました。一人占めするというのは、何があっても守るのと同じことです。

あなたが体現するのは、マイノリティの悲しみです。人をうまく愛せないこと。

愛してもらえないこと。普通とは違うとされるものに愛を感じてしまうこと。自らの性を自分では選ぶことができないこと。どうしようもなく孤独であること。そう生まれたことに、そう感じることに理由はないのだと、ただただそうなのだと、あなたの踊りを見て、理解できました。

二時間の間、あなたは感じ、感じ、感じ、感じすぎて、最終的にぶっ壊れます。壊れたあなたが眠るベッドの下から三羽の白鳥がぬっと顔を出す、現実に異界が侵入する瞬間は、これまでに見たどんなものより美しいと思いました。あなたが踊ると、すべての動きに意味が宿ります。どうしてこの悪夢ぼくから取れないんだ、とでもいうように背中を掻きむしり、混乱した頭で、それでも習慣的に乱れたベッドを怯えたように整え、よしと小さく頷くパジャマ姿のあなたが憐れで、愛おしくてたまりませんでした。あなたの悪夢は、現実だったのでしょうか？ それとも白鳥に憑かれた自分の運命ですか？ 前者であるように私には思えました。

この作品と、あなたを知ることなく生きていたかもしれない自分を思うと、恐ろしくてなりません。出会うことができて本当に良かった。この作品は私の理想

の悪夢であり、愛の物語です。そして、あなたはこの世界で、たった一人きりの、
私の王子様です。

村田沙耶香

コンビニエンスストア様

前文お許しください。貴方と出会って17年ほどになりますが、こうしてお手紙を書くのは初めてのことですね。

貴方に出会ったとき、私は18歳でした。当時の私には、貴方はとても怖い人に見えました。大人の世界の人に感じましたし、私なんてすぐに貴方のそばから追いやられてしまうかと思いました。貴方に会うときはいつもとても緊張していて、私はポケットに小さなメモ帳を入れて、貴方の細かい仕草やちょっとした癖などに気が付くたびに、びっしりと書き留めていました。

そんな私達がいつ恋人になったのか、きっと私にも貴方にもはっきりとは言えないでしょうね。強いて言えば、深夜の2時を初めて貴方と一緒に過ごしたあの夜でしょうか。あのときは急に他の人が来られなくなって、どうしてもと頼まれて、夜中まで貴方の中に残っていたのでした。いつも貴方に会うのは昼か夕方だったので、貴方の中に夏の夜の匂いがする空気が流れ込んでくるのを感じて、どきどきしました。

帰り際、ふと、貴方の困った顔が見たくなった私は、貴方にこう声をかけました。「コンビニエンスストアと人間って、セックスできると思いますか？」私は貴方が赤くなったり、戸惑ったりするだろうと思いました。けれど、貴方はさらりと答えました。

「何を言ってるんだい？　もうしてるじゃないか。君は毎日、僕の中に入ってる」

生真面目な顔で貴方がそう言ったとき、私たちは恋人同士になったのかな、と思います。

それから、私は仕事ではなくデートをしに、お洒落をして貴方に会いに行くようになりました。貴方も、雑誌の棚や店内の鏡をぴかぴかにして、少し気取って私を迎えるようになりました。

じっくり考えてみると、その理屈だと夜勤のおじさんとか店長夫婦とか何百人も来るお客様ともセックスをしていることになるのですが、貴方が当然のように、

「え？　僕は君としかこんなことをしたことがないよ」と言うので、きっと貴方の中では何か違いがあるのだろうと思っています。

貴方と出会って3年ほどしたときでしょうか。私が突然、貴方が1か月後に死んでしまうことを告げられたのは。

私は驚いて口もきけませんでした。コンビニエンスストアが3年で死んでしまうなんて、思ってもいなかったのです。

けれど、本当に貴方は死んでしまいました。貴方が死んでしまう前の2日間、貴方の中のものは全部半額になって売られ、大勢の人が買い漁って行きました。私はそれを見ながら、貴方にはもう二度と会えないと思いました。

だから、貴方が生きていた場所から自転車で15分ほどの所に、新しく生まれ変わると店長から聞いたときには驚きました。コンビニエンスストアとお付き合いするのは初めてでしたが、こうして何度死んでも生まれ変わる性質だとは知らなかったのです。

生まれ変わった貴方と私はまた恋に落ちました。それから私がファミリーレストランと浮気をしたり、貴方がまた死んだり、いろいろありましたね。3回目に貴方が死んだときには私も慣れたものでした。別れと再会を繰り返し、17年たった今も貴方の側にいます。

周りからは、「何でコンビニエンスストアと付き合ってるの？　人じゃなくていいの？」「そんなに長く付き合っていて、飽きない？」などとよく言われます。「どうせ、本物の恋愛じゃない。小説のネタにするために付き合ってるんだろ」とも言われます。私は慣れてしまって何とも思いませんが、この前デートしているときに冗談交じりに言ったら、貴方は少し悲しそうな顔をしました。私は、「こんな話を聞かせてごめんね。言った人を殺してこようか？」と聞きました。半分冗談で、半分本気でした。「あんまりヒトを殺すのは、よくないよ。ヒトは僕と違って死んでも生き返らないから」と貴方は生真面目に答えました。

そういえば、貴方が感情を顔に出すのは珍しいですね。冗談を言っても貴方はあんまり笑ったりしませんし、突然寄りかかったりスキンシップをしても、赤面するわけでもなく、平然としています。それでも、貴方のことをどうして好きかなんて、言わなくても伝わっているものだと思っていました。なのにこの前、もう100回目以上になる別れ話で延々と貴方と議論になったとき、貴方までもが、

「君はどうして僕と付き合っているのか、未だにわからない」と言いましたね。

私はとてもショックでした。そして、貴方にわかってほしくて、それで、こうして筆をとったのです。

好きな所はいろいろありすぎて、原稿用紙が100枚あっても足りないので、簡潔に理由を一つだけ述べます。

私が貴方を好きな一番の理由は、貴方が私を人間にしてくれたからです。

貴方はヒトではない、と皆は言いますが、貴方と出会うまで、ヒトではないのは私のほうでした。少なくとも、上手に人間ができる人間ではありませんでした。

貴方の側にいることで、初めて、私は人間になったのです。

貴方が私に朝と昼と夜という時間の流れを与えてくれ、「現実」という世界を歩き回る不思議な靴をプレゼントしてくれました。私にとって貴方は魔法使いでした。貴方がいなければ私は「朝」という時間がこの世にあることすら感じられないまま生きていたでしょう。

貴方は私の人生で唯一の、揺るぎない「正常」でした。だから私の人間としての感情は、すべて貴方のものなのです。

随分と重い感情を伝えてしまって、ひょっとしたら私達は本当に別れてしまうのかもしれないですね。恋は私を人間という化け物にしてしまったのに、貴方はいつまでたってもコンビニエンスストアのままなのだから。膨らみすぎた私の愛情は貴方には重すぎるのかもしれません。

貴方を失うときのことを、考えます。私は貴方がいないと、人間であるということを、また忘れてしまうかもしれない。そんな風に貴方に依存していることが怖くもあります。

けれど、もう少しだけ、貴方のそばにいさせてください。貴方はあちこちボロボロだし、朝からピンポンピンポンうるさいし、「僕は建築物だから」と動こうとしないのでいつもデートは同じ場所だし、「手料理だよ」と出してくるものにはやたらと添加物が入ってるし、「みてみて！　新しいこと始めちゃった！」といきなりコーヒーマシンを入れてみたりして苦労させるし、そもそも、やっぱり夜勤のおじさんやら店長やらを身体の中に入れて自由に蠢《うごめ》かしていて、あれは浮気なのではないかと怪しいし、欠点だらけな気もするのですが、その欠点こそが魅力だと思うのだから、私の恋は重症なのでしょう。なので、この病気が治るまで私の側にいるのが、貴方の義務だと思います。

明日の朝、また貴方に会いに行きます。最近はついついマンネリで同じジーンズばかり穿いたりしてしまっていましたが、明日は新品のワンピースで行きます。だから、貴方も業務用冷蔵庫の中まで掃除して、お洒落して待っていてくださいね。

そういえば、私達はキスをしたことがありませんね。明日が、初めてのその日になるのだと思います。かしこ

村田沙耶香

平成二十六年十二月

春風亭一之輔

寄《よ》席《せ》は、おっさん

東京には『寄席』という一年中、落語だの漫才だのが聴ける場所がある。劇場?…じゃないな、寄席は寄席だ。大阪にもあるけど、ちょっと趣きが違う。東京の寄席は、なんともおっさんなのだ。俺の人生を見事に変えてくれた不思議なおっさん。

おっさんに初めて会ったのは高2の春、浅草で。ラグビー部の辛い練習から逃げ出してふらふらしていると、おっさんは派手なカッコで浅草六区に突っ立っていた。おっさんの4階はストリップなんだもの、猥雑な臭いぷんぷん。おっさんは学生料金1300円を俺からぶん獲ると、「ほら、入んなよー」と胡散臭い笑顔で招き入れた。

まばらなお客。まだ始まってない。皆、助六弁当を食べている。中高年の団体客の中に高2が一人。幕が開く…若い落語家、つまらない。二人目も同じような感じ。おっさん、外見はあんな派手なのにつまんねぇじゃねぇかよ!! 帰ろうかと、思ったけど次から次へと芸人が出て来て帰る間を与えてくれない。やることが汚ねぇぞ、おっさん。

気がつくと舞台では爺ぃの落語家がただブッブツ愚痴ってる。……俺は初めて笑った。団体客も笑ってる。次はマジックの若いお姉さん。お、ミニスカート!! あ、また若い落語家。さっきの人よりずっと面白い!! 団体客はもう弁当は食べ終わりだんだん前へ乗り出してきて、そこから先は笑いの渦、渦、渦。

トリはダンディな二枚目おじさん落語家。落語が終わって幕が降りるとき、団体客にはグスグス泣いてるオバサンもいた。俺も泣きはしなかったけど鼻の奥がちょっとツンとした。

おっさん、なんだよ…これ? 周り見渡しても同年代なんかいないし、学校でおっさんのコト知ってるの俺だけじゃないか? いや…嫌いじゃないよ、こういうの。また来るよ!! おっさんのコトは学校では内緒にしとくわ。

おっさんは愛想よく「また来いよぅ〜」と手を振っていた……ように見えたん

だ。

知らなかった。都内におっさんが何人もいたとは！　上野のおっさんは身なりのビシッとした、ハット被ってステッキ持ったお洒落なおっさん。新宿は角刈りの半纏《はんてん》引っ掛けて、キセル咥《くわ》えた粋なおっさん。池袋はちょっとサブカル入って陰なとこあるけど、いろんなこと教えてくれるおっさん。三宅坂のおっさんは堅物だけど、めちゃくちゃ親切で気配り上手。

おっさん達は無理強いしない。「おまえら盛り上がれよ！」「笑えよ！」そんなことは言わない。「まぁ、その辺、腰掛けてなよ。こっちにも都合があるからさ、最近なーんか無理利かなくなってさぁ」…逆に人生相談持ちかけられそうだったりする。

そう、すがれてんだよな。『すがれる』なんてのもおっさんから教わった言葉。意味はよく分からない。おっさんに聞いたら「ま、わっかんねーだろーなー」と笑ってた。「俺もわかんねーし！」だって。でもおっさんといると楽なんだよ。

俺はおっさんに憧れて、十数年前におっさんの仲間に入れてもらって、今なんとか毎日お客さんに無駄話を聴いてもらっているところだ。おっさんの仲間に入ると、おっさんの苦労がよくわかった。なるほど、おっさん。呑気に生きるのは、なかなか呑気なことじゃないんだね。おっさんに言うと「馬鹿野郎、お前なんかに分かるかよ！（笑）」と寄席幟をぱたぱたさせた。

いろんなとこで落語をやるが、おっさんのとこで喋るのが俺には一番合っている。よそでちやほやされると「お前、天狗だな（笑）」とたしなめられて、悩んでると「たかが落語だろ（笑）」と一息つかせてくれる。みんな、おっさんのおかげ。

お願いします、おっさん。どうか長生きして下さい。頼みます。

私もほどよく、頑張りますわ。

砂田麻美

拝啓　飛行機さま

あなたと距離をおくようになってから、早いもので七年近い歳月が経ちました。今私は、あなたをとてつもなく遠くに感じています。恐らくあなたも、ここ数年私が随分とよそよそしくなり、遠ざかり、時にひどく取り乱したり、そうかと思えば突然踵《きびす》を返して強く求めてくる様子にうんざりしてきたことでしょう。それは十分、理解しています。

なぜ私はある日を境にあなたを恐れるようになったのか。今私は何を思い、これからあなたとの関係をどう改善していきたいと思っているのか。それを自分の言葉で伝えたいと思い、筆をとりました。鉄の頭を柔らかくして、最後まで読んでもらえたら。

あなたに初めて出会ったのは、私が中学三年の時でした。短期留学で訪れるモスクワが旅の目的地で、生まれて初めて訪れる外国に心躍らせる私は、あなたのことを怖いなんて感じる余地もなく、とにかく嬉しくて興奮して、モスクワの空港に到着した時は、思わず拍手喝采して感謝した程でしたね。

高校を卒業してからも、旅が大好きだった私は様々な会社に勤務していたあなたに頻繁に会いにいきました。あなたの勤務先は時にアメリカ系だったりフランス系だったりと変化に富んでいて、私はその度ごとに違った印象を抱きました。アエロフロートに勤務していた頃は、座席のポケットの端が破れて中から鉄の細い棒みたいなものが見えたりして……あの時のあなた、少し疲れているようで心配でした。一方日系の会社に居た頃は、なんだかいつもよりピリッと頼もしく見えて、わたしもどこか誇らしげな気持ちになったものです。

日が沈み、ほの暗い大きな懐でこれから始まる旅のあれこれを想像するのは、どんなに幸せだったことか。出来る事ならば、世界を飛び回る仕事について、月に何度でもあなたと旅していたいと、そう心から思っていました。あなたは目的地に到着するまで、私から片時も離れたりはしませんでしたね。一瞬たりとも眠らずに、音も立てず私の傍に居てくれました。

そんなあなたとの関係に暗雲が立ちこめたのは、忘れもしない二〇〇九年の事でした。私はその頃映画監督の是枝裕和さんのアシスタントとして働いていて、NYで行われる映画祭に同行することになっていました。出発前に買い込んだ小説を足下に置き、〝キャビンアテンダント〟と呼ばれる、あなたがいつも連れ立っている綺麗なお姉さん達の一人がくれたピーナッツを頬張って居た時、それは前ぶれもなく始まったのです。

あなたは突如としてその大きなからだを傍若無人《ぼうじゃくぶじん》に上下左右に揺らし、どっしりと安定した室内は踊るように平衡を失いました。私の心臓は突然たわしで擦《こす》られるような、じりじりとした動悸にみまわれ、思わず胸を押さえて辺りを見回しましたのです。その時、キャビンアテンダントの一人が「じっとつかまって」と叫んだのを私は決して聞き逃しはしませんでした。「じっとつかまって」。まさかのため口でした。

彼女達が大層礼儀正しく親切な女性であるのを知っていた私は、その鬼気迫る口調に我が耳を疑いました。前方では、お手洗いに行く途中だった中年男性が、犬のように床に腹を伏せています。慌てて席の左を見ると、アメリカ人らしき若い夫婦が手を取り合ってこの世の終わりのように顔をひきつらせているではありませんか。これはえらい事になったと私は思いました。だれかがあなたを怒らせてしまった。もしくは、あなたは完全に自分を見失っている。なのにその理由は何一つ分からない。気がつけば目から涙が溢れ、走馬灯のように自らの短い人生が駆け巡っていきました。三十年あまりの人生に起きた些細な出来事を細切れの予告編のごとく振り返った時、わたしの脳裏に強烈に浮かんだ思いはただ一つでした。

「まだ死にたくない」

その日を境に、あなたを愛してやまなかった私は、徐々に、しかし確実にあなたを恐れるようになりました。あなたがその後どんなに平然とした顔をして私を迎え入れようとしても、全く信じることが出来なくなってしまったのです。やがて映画監督になった私は、海外の映画祭から招待のメールが届くだけで著しく食欲を失い、極度の心神喪失に陥るようになってしまいました。

事の次第を相談した友人達は、時にあなたのことをこう言いました。

「彼は時々乱暴になるときがあるけど、見せかけだけであなたを殺したりはしないのよ。一度ぐらい怖い思いをしたからって、そんなに傷つくことはないじゃない。お酒を飲んで気を紛らわせるか、眠ってしまえばいい」

彼等の言うことは全て的外れでした。まず私は一滴もお酒が飲めない。そしてあなたと一緒にいる時は、強い緊張から一瞬たりとも眠ったり出来やしない。外国に行きたい思いは募《つの》るのに、チケットの予約を考えるだけで途端に腹をくだす。そんな状況に辟易した私は、ついに専門家である医師の元を訪れる決心をしました。

医師は、私があなたをいかに愛していて、再び良好な関係を取り戻したいと思っているかを聞きながら、「死ぬのを恐れるのは、人間が持つしごく全うな能力である」と断言しました。だからこそ、私が地上から遠く離れた場所で、自らの意志をすべて放棄してあなたに安全を委ねなくてはならない時、「他者を信じる力」が求められるのだと。

私は月数回医師やカウンセラーの元へ通いながら、あなたを恐れる所以を事細かに説明し、共に分析し、もう一度かつての信頼を取り戻すための策を探りました。時に医師達は、眼球を左右に動かしながらトラウマを探るEMDRという治療法も取り入れながら、あらゆる手段を用いて私がもう一度あなたに会いたいという願いを叶えようとしてくれたのです。

その治療は、今も尚続いています。その間、チケットを予約し、空港まで行って、カウンターの前でキャンセルした事も一度ではありません。あともう少しであなたに会えるというのに、スーツケースを引いて一人空港をあとにする侘しさ。こんな思いをするならばもう一生死ぬ迄会わなくてもいいと思うことも多々ありました。それでも、どうしても、わたしはあなたを忘れることが出来ないのです。

あなたが連れて行ってくれた世界中の街。日本という島国に生まれた私にとって、あなたが見せてくれる全ての場所と景色は、今もなお色あせることなく心の深い場所に眠っています。

台北に漂うほのかな香辛料の臭い、パリで聞いたフランス語のリズム、ローマで食べた濃厚なジェラートの味や、まだ家族が全員そろっていた頃、姉の結婚式で訪れたハワイの星々。そういうあらゆる記憶を私の身体に刻み込んでくれたのは、他ならぬあなたでした。

こんなに好きなのに、どうして私の身体はあなたのことを拒否するのでしょう。考える度に、わたしは自分の人生の大きくて大切な一部がもぎ取られたようなひどくみじめな気持ちになります。けれどあなたは、私がどんなに助けて欲しいと願っても、決して語りかけてくることはありません。初めて出会った時のように、無言で空港に佇み、私を地上に残したまま、静かに空へと飛んで行くだけなのです。

医師が私に言いました。

「あなたのその恐れは、すべてまやかしなのよ」

私は時々、自分が一体何と闘っているのか分からなくなる時があります。そんな時は又手紙を書いてもいいですか？　あなたは決して返事をくれないし、そもそも読めるのかどうかも分からないけれど、それでもいいんです。

今はただ、あなたが恋しい。

あなたがこの世界にいる限り、またいつか一緒に空を飛べると、そう信じています。どうかその日まで、体にはくれぐれも気をつけて。堕ちないで下さい。

敬具

中江有里

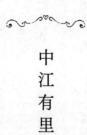

父への感謝状

長らくご無沙汰しております。もう会うことはないでしょうが、いくつか伝えておきたいことがあったので、こうして筆をとっています。

実は最近あなたのことをエッセイに書きました（文藝春秋二〇一五年九月号の「オヤジとおふくろ」というページです）。これまで母のことは数え切れないほど書いてきましたが、父については皆無でした。編集者の方もそれを承知で依頼されたそうです。一度くらい父について書いてみようかな、と自分を試すつもりで引き受けたのですが、いざ書き始めてから驚くほど心をかき乱されました。

あなたが母と離婚して家を出たとき、わたしは十歳でした。それまでわたしは背が高くてお洒落な父と、明るく活発な母、生意気盛りの妹に囲まれた、ごく普通の家の子どもでした。ある日学校で「お父さんとお母さんのどっちが好き？」

という話題があがったとき、どちらも選べず答えられなかったことがあります。

我が家は狭く、家族は川の字になって寝ていました。わたしはそういう風に寝るのがとても好きだったし、家族が好きでした。

離婚が決まったときに母は言いました。

「お父さんとお母さん、どっちと暮らしたい？」

あのとき、どっちも選べない！　と泣いて拒絶していたらどうなっていたでしょう。だけど目の前にいる母のやつれた顔を見て、わたしは思いました。

「今、お母さんから離れるわけにはいかない」

咄嗟に母を選びました。

やがて始まった母とわたしと妹の三人の生活は、それまでの平和な時間を失いました。母は朝から夜まで休みなく働き、わたしは幼い妹の面倒と家事を任され、言わば「小さい母」の役割をふられて友達と遊ぶ時間も少なくなりました。どうして自分だけが？　と悔しくなりましたが、母の働く姿を見ると文句も言えません。わたしの怒りは不在の父へと向けられました。

最後に会ったときのことを覚えておられるでしょうか。わたしの十二歳の誕生日でした。夕飯に何が食べたいか、と聞かれて、近所のホテルの最上階にあるレストランでビーフシチューが食べたい、と言ったら、あなたは意外そうな表情を浮かべました。その途端わたしは恥ずかしくなりました。あなたは黙ってホテルの最上階のレストランへと向かい、ビーフシチューをオーダーしてくれました。

だけどわたしはビーフシチューの味がわからないほど、後悔していました。正直に言うと夕飯なんてどこでも良かった。ホテルの向かいにあるフォルクスでもすかいら一くでも。たまたま出かける直前に母が、「夕飯はあそこのホテルのビーフシチューにしたら」と言ったから、そう言っただけです。

きっとあなたは、夕飯はフォルクスかすかいら一くと考えていたことでしょう。だからあんなに意外そうな、微妙な表情を浮かべた。そう瞬時にわかりました。

親の離婚によって押しつけられた理不尽な役割への怒りを、高級な料理を食べることで仕返ししようとする自分を卑しいと思い、そういう知恵を付けた母を卑しいと思いました。その当時は卑しいなんて言葉は知らなかったけど、当時の気持ちを表わすのに、ぴたりと当てはまるのがこの言葉でした。

お父さんとはもう会わない、と心に決めました。会うとまた自分が卑しくなるかもしれない。父として素直に好きになれない。前と同じ気持ちではいられない。

あなたは二度と訪ねてきませんでした。わたしの決意を伝えてはなかったけど、あなたにも思うところがあったのかもしれません。そのうちに再婚して、念願の男の子が生まれた、と聞きました。そうしていつのまにか三十年が過ぎました。

会わなくなって数年後、わたしはひょんなことから芸能界に入りました。離婚によって不安定になった家計を支えるため、なるべく早い自立を考えていたときに偶然声をかけてもらったのです。最初は苦しい生活でしたが、やがて実家に仕送りを出来るようにもなり、妹を大学にやることも出来ました。

いつだったかはっきり思い出せませんが、当時の所属事務所宛に一通の葉書が届きました。差出人のない葉書には、わたしを罵倒する言葉が並んでいました。単なる嫌がらせなら黙って処理されますが「妙に詳細な事柄が記されている」と事務所の人間から聞かされ、わたしは葉書を読むことにしました。

わたしの推測ですが、葉書の差出人はあなたの身内の人だと思います。すでに葉書は処分しましたが、こんなことが書かれていました。いつまでも「中江」姓を名乗るな、と。わたしが父方の名字で仕事をすることを忌々しく思う人がいるという可能性を初めて考えました。

あなたはどうでしたか？　別れた娘が同じ名字でテレビや紙面に出てくれば、周囲にいろいろ言われたり、思い出したくないことを思い出したかもしれません。

わたしがこうして仕事をすることは、あなたを苦しめていたでしょうか。あなたの答えがどうであっても、わたしは仕事を続けます。今更名前を変えるつもりもないし、そのメリットもありませんから。

念のため申し上げますが、これは感謝の手紙です。あなたの愛がわたしを育て、あなたへの怒りがわたしを支えてくれました。そのことに感謝しております。

すでに四十を過ぎたわたしの中に、いまも十歳のわたしがいるような気がします。川の字を夢見ながら、ひとりで眠っているのです。

長い手紙になりました。どうかお元気で。

父上様

かしこ

娘より

島田雅彦

ララへ

東京からヴェネチアに向かう途中、ミュンヘンの空港で君とそっくりの人を見つけ、思わず君の名前で呼んでしまった。人違いであることは承知の上だが、万が一君自身ということもあるし、君の妹とか娘である可能性もゼロではないし、少なくとも地球上に七人存在するといわれている君の生き写しのうちの一人ではあるだろうと考えると、相手を素通りさせるわけにはいかなかった。

愛する者と愛される者のあいだには深い溝があることは恋をしたことのある者なら、誰でも知っている。その溝を越えるために、回り道をしたり、橋を架けたり、あれこれ知恵を使うのだが、どれも徒労に終わった。でも、そのお陰で私はわずか三十年ほどの短い期間に進化を遂げることができたと思う。

君に恋をした頃の私は絶望ばかりしていて、空に月が出ても、私の心に月はな自分は冬のまま、君がそばにいてくれなければ、自分はこの世に残る意味はないと思っていた。

もっとも、私の絶望など君にとってはアフリカの飢餓か、中南米のクーデターも同然だっただろう。風を羨み、雨を妬む気持ちが理解できるだろうか？　私が風なら、君を撫でることができる。私が雨なら、君を濡らすこともできる。でも、君はこういった。あなたが雨なら、早く乾いて消えて。あなたが風なら、とっとと通り過ぎて。

この地上に君の愛の分け前をもらえる者がいるとしたら、それこそが私の敵であり、英雄であり、悪魔である。できれば、夢と同じ成分でできた存在であって欲しかったが、重さも固さもあり、匂いも味もする奴だった。私が彼でなく、彼が私でないことに憤り、恋敵の死を千回祈り、自らの手を汚そうともした。だが、君は愛する男を傷つけようとする者を誰よりも憎み、恨む。だから、私が恋敵を滅ぼしたところで、私に勝利が訪れることはない。君に愛されるためには、恋敵に自分を似せる以外に術がないとは、「ラブ＆ピース」の皮肉には深く傷ついた。

全身全霊で君に尽くし、君一人を死ぬまで愛し続けるという宣言も君を気味悪がらせ、「恋人が死んでも、大地震が起きても、戦争が始まっても、あなただけは嫌」と残酷な拒絶のコトバを引き出すことしかできなかった。

恋する一人の男が死に、代わりに生まれたのは災いだった。君は私の全てを拒絶し、私が存在していないかのように振る舞った。君の幸福に貢献することも、君に寄り添って生きることも許されなかった私に残された選択はただ一つ。おのが恋を葬ることだけだった。だが、葬り方は二つあった。報われない恋とともに私がこの世から消えるか、君を破壊し尽くすか、だ。

君が「死んで」といってくれたら、私は君に喜んでこの命を差し出すつもりだった。私が死ぬことによって君の幸福に貢献できるなら、これほどの名誉はない。だが、君は私との関わりを一切拒み、私の恋をなかったことにしようとし、死ぬことさえも許してくれなかった。私は君を愛するために生まれてきたのに、君は私の唯一の生存の根拠を認めなかった。ここに私の絶望は極まった。そして、破壊の神が私の味方についた。

君は私に殺される時、「助けて」といったが、もう手遅れだった。すでに君は致命傷を負っていて、その一言が遺言となった。それは君が私に対して抱いてくれた最初で最後の望みだったが、叶えることはできなかった。

君がいない世界はさながら放射性物質に汚染された楽園だった。表面的には美しいが、誰もが逃げ出す楽園である。ここには一切の希望がない分、気楽でいられる。しかし、君とよく似た人を見かけると、放っておけない。君を葬っても、恋を葬ることはできなかった。今、私を生き長らえさせているのは君への未練だけだ。君とよく似た人を葬る時、君との最後の逢瀬を思い出す。未練は意外と甘い味がする。

岩下尚史

ふかくしのぶかたへ送る文

あれから、ひさしぶりに、深い眠りに落ちました。

日曜の昼さがり、君と電話で語り合ってから、これまでになく心が満たされたようで、なまめいた瞼も重くなって、直ぐに牀《とこ》に潜りましたが、さア、どのくらい、刻《とき》を経たものか……。

開けたままの窓からは、しめやかな月影がさし入り、夜半の寝覚《ねざめ》の枕には露さえ掛りそうですが、君との会話の余韻につつまれ、今夜の独り寝は、少しも侘しくはありません。

むかしの歌詠みならば、良夜《あたらよ》と誉めるほどの、じっさい、寝るには惜しい、しろじろと耀く月は然乍《さながら》、現在の君とわたくしの心を映す鏡、と見立てたいほどの景趣《ながめ》で――。

だって、然《そ》うでしょう、三十年《みそとせ》あまり八年《やとせ》ものはるあきを経て、ふたりの心が正真正銘、うそもかくしもなく、結ばれたのだから……。

おたがいさまに、長いことでした、ほんとうに。


幼い春の日、ふるさとの青々と芽生えた麦の畑に腹ン這いになったとき、五形《げんげ》すみれの蜜の気ある草の匂いに、不図《ふと》、はじらいを感じたことをおぼえています。

そして、青梅《あおうめ》も色づく、あれは、十七歳の夏の夜さり——。

同い歳の君を初めて臥所《ふしど》に引き入れ、おたがいの胸に熱い吐息の掛るとき、あの芳《かぐわ》しい春草とおなじ香のよみがえるのを聞いて以来、わたくしの君への思慕は募るばかりとなりました。

ところが、その夜をさかいに、あれほど親しんだ君は、ふっつりと姿を見せず、偶《たま》に行き合っても、道の草とも思わぬそぶりで、わたくしを避けるのでした。

同じ年頃の生徒たちのあいだで大いに人気のあった君でしたから、わたくしは秘めごとの苦しみに堪えねばならず、雲雀鳴く春野にそよげる、やわらかな草の匂いに芽ぐんだはずの少年の恋は、十七の秋を迎えると共に、その後のわたくしの命に寂しい影を落としたようです。

初心《うぶ》なる春情のうすらあかりは、やがて憤《いきどお》ろしい悶えとなって、その烈しい流れに自ら身を投じ、あとさき三年ばかりは恋の闇路に迷い、それでも必死に逃れようとして、つれなき君への執着を去ることを試みては、却て思い煩いたる憂悶の情を益々濃やかにしたものです。

その証拠には、十歳台後半の出来事を思い出そうにも、君に厭われ、恋に痩せた涙のほかには、いっさい、何も、うかばないのですから……。

さて、それから間もなく、君も、わたくしも進学のため、ふるさとを燕のように巣立って離ればなれになり、これで幕になれば仕合せでしたが、じっさいは、心をつくした恋のやまいが癖となり、それから成人して、心ときめくはずの春意の発動するたびごとに、あの十七歳の晩夏の引き明けの、後朝《きぬぎぬ》の悲しみをそっくりそのまま、なぞるようになったと云うわけで——。

いまさら、はしたなき色懺悔も迷惑ながら、君への事問《ことどい》を口切に、これまで身をやつした恋の数も七度半《ななたびはん》、それでも二十《はたち》、三十路《みそじ》は花の盛り、ほしきがままの派手を尽しましたが、どれもホンの外見《そとみ》のこと。ありようは、いつも先方から問い掛けられては落っこちの、それまでの冷淡な態度から、一転して下風《したで》に立ち、能《あた》うかぎりの心づくしを惜しまぬと云うような、あまりの変貌ぶりに対手《あいて》が戸惑って疎まれるから、せぐり来る涙を噛み込んでやまいづくと云った態《かたち》の為埒《しらち》のなさは、どれもこれも十七の夏以来の、君への失恋の型の繰り返しで……。

なかには、とるに足らざる恋もありましたが、いずれもなつかしい、ゆかしい人たちで、つみもむくいもなく、今も想いは変わることはありません。

そうした、わりない恋をするたびごとに、少しずつではありますが、知ってそうで知らなかった自分の心の内も知り、相手の心もおしはかるようになりました。それが重なるうちには他人の身の上にも及んで、不憫な人でもあれば、励まし慰めの言葉のひとつ位は、人並みに掛けられるようにもなったのも、恋に悩んだ功徳かも知れません。

少年の頃から、浮華なる人生の花だけを摘んで来た、至らないだらけのわたくしであることは、疾《と》うから、御存知のはずですが、叶わぬ恋と半ば知りつつ、それでもそのひとを欲しくッて、入れ揚げて、それが対手には重荷となって厭われて、身を揉むような苦しみに堪える間だけは、しんじつ、人間らしい心持になることが出来るのです——と、白状したら、さすがに君も呆れるでしょうね。

でも、恋に悩んで内にかえりみる、その時さえなかったならば、まるで人げなきまま、わたくしと云うものは、もっと、何《ど》う仕様もない、可厭《いや》な奴であっただろうと、身の内が冷える思いがするのです。

七度半ともに精切《せいぎり》いっぱい、時には友人を失くすほど、くちおしきふるまいもありましたが、恋のすべなさも、さびしさも、つまりは花匂う倭《やまと》の国の、恋の趣致《あわれ》の妙趣を身に着けるための練磨の種々《いろいろ》であったと、そこは言語道断の痴れ者なりに思い込もうとしているわけで……。

こんなふうに言うことばかり勿体らしく理合《りあい》を立て、肚には何んにもない、空虚な莫迦げたわたくしと長いあいだ付き合って呉れている君ですもの、こうした結構人的《けっこうじん》な言訳には苦笑するかも知れないが、及び難いものへの思慕を繰り返す態度については、社会の表に立つ常識家としての一面、すげなく否定はしないンじゃないかなあ……。

しかし、斯《こ》うして振り返ってみると、君とわたくしとの少年時代に交わした恋の色糸《いろいと》は、細いけれどもしなやかで、案外、堅く撚《よ》られていたらしい。君が結婚した後も、五、六年ごとに逢っていましたッけ。

ただ、二十から三十路にかけての逢瀬は、未だ、わたくしの執着が強かったせいでしょう、既に既婚者である君を前にして、清《すず》しく、平らかな境地では居られなかった事は、今思い返しても、じっさい、冷汗の乾かぬ気がします。

その濁りが、徐々に浄められて来たのは、お互いに知命の歳も半ばに掛り、色も慾も薄らいで、老いの声を身に熟々《しみじみ》と感じて来た、この一年ほど前からのことでしょう。

ともかくも、あれから三十八年……と数えても、はるかなることですが、うちつけに、君への想いを告げては焦れる私を、ずいぶん長いあいだ、持て余して来たことだろうと、心の内では、じつに申訳なく思っていたのです。

どうしてと言って、あの十七の夏の、おたがいの若く清らかな胸肉《むなじし》を合せ、すべらかな膚《はだえ》の腕をまき、抱いて抱かれた夜のことを、この三十八年のあいだ、君は決して認めようとはしなかったから。わたくしのほうでは、あの十七の恋に逢いたくて、それからも七度半、めぐり逢う対手それぞれに、おろかな恋をくりかえしたと言うのに……。

ところが、今日の電話で、君はあの夏の夜のことを忘れていないと言った。そして、十七歳の時から、今も変らず、善《うるわし》き、無二の間柄だと思っていると、君から初めて告げられたときの、わたくしの喜びは……。

これまでの愛慾にまつわる青い悲しみの数々は、おもりかな幸福の光りに、閑《しず》かに照らされました。

さらに、もう一つ、思い掛けなかったこと――。

今のわたくしが、君に逢う仕合せの最も大きなものに、その涼しい眸《ひとみ》のなかに浮かぶ、十七歳の時のわたくしに逢えることがあるのですが、君も同じように、わたくしの君を見つめる瞳のうるみのなかに、若く、美しかった君のおもかげの映るのを見ていることを、初めて、おたがいに告白し合ったのでしたね。

つまり、わたくしたちは、十七歳のときの自分に逢いたいときに、おたがいを懐かしみ、求め合っているのかも知れません。

ふたりのあいだには、十七歳の折に交わした片袖に結ばれて、三十八年ものあいだ、時も場所も離れながら、ほんのりとではありますが、微妙殊勝のえならぬ薫《かおり》が漾《ただよ》っていたようです。

その薫は、これから老いの道を辿る、独り寝の枕にうちしめり、侘しい魂を鎮める夢路に誘《いざな》ってくれるに違いありません。

それが明らかになった今は、つい昨夜まで、さめざめとして果てしなき人生の悲哀と恐怖に圧せられていた、永年にわたる私の寂しい魂は若やぎ、心すがすがと伸びる気がします。


さて、三十八年ぶりにおたがいの心が溶け合った浄らかな月に照らされながら、あとねだりをするようで、君にはまことにお気の毒ですが、寄る年波の心身のかそけさは、これまでの煩悩の薄らいだかわりに、あさましいものですね、後世《ごせ》の鎮まる先に拘泥するようになりました。

直《ちょく》に申さば、ひとりより、ふたりして、同じ涅槃に溶け入るために葬を合せ、つまりは同じ丘墓《おくつき》から共々に、まどかなる真如の月をながめ明かしたいのです。

猶こり須磨の浦ぞ恋しき――。

これだもの、復《ま》たですか、この上、そんな過剰な期待をして、あなたのそこがいけない、と云う、きみの呆れる声が聞えそうですが……。

そうですとも、最《も》う、此の世では、身に薄る孤独に打たれながら、覆えど争そえぬ淋しさを抱え、却て尽きせぬ詩興の泉とする覚悟は出来ています。が、その玉の緒の絶えた後は、今や恋とは別の次元の、愛する人と合わさって土となりたい、仮令《たとい》、常夜《とこやみ》行くとも……。

この願いに対して、すでに孫さえ持つ君にとっては途方のない、無理な話であるのは承知の上です。それはそれで、諦めるよりほかはありません。しかし、無二の間柄である君に、一応はおたずねしなければいられなかったのです。

自今以後《いまゆくさき》、もの言い交わした、若き盛時《さかり》の君を忘れません、それこそ、寂しき生涯の果てるまで──。

お読み棄てのふみがらは御火中へ、くれぐれも御家族から離れた炉にて、心窃《ひそか》に烟《けぶり》くゆらせて下されたく。

高樹のぶ子

雲に寄せて

ノンちゃんは雲に乗ったことがありますか？　と訊いてきたあなたの目には妖しい光が宿っていました。出来ればこれから、ノンちゃんを雲に乗せたいという見え透いた欲望のしたたり。舌っ足らずで水分不足の口から流れ出てくる名作童話のタイトルは、あなたがあの童話を読んでいないか、遠い昔に忘れてしまった証しに思えて、何のこと？　雲に乗れば何か良いことでもあるの？　とはぐらかした私ですが、そのはぐらかし方に媚びがあったのも確かで、私も同罪であったと今は考えています。

ノンちゃんは水底で美しい夢を経巡り、死の淵から戻ってきます。私も水底のあなたの雲に絡め取られ、肌理《きめ》細やかな泡に包まれて悲鳴を上げ、もっともっとこうして身体を固定していたいと無理難題を突きつけ、そうはいかないよ、これでは身体が保たない、離れるよ、と臭い息で言われた、それも欲望からの卑しい垂れ水を流しながらだったことを思い返せば、ノンちゃんとて発情の責めと責任は十分にあるわけです。

今はもう、あのときの雲色のベッドや、沈み込む身体以外の感覚は失せてしまい、交わした言葉だけが彷徨《さまよ》っている。それにその後の長い年月、あなたがノンちゃんの雲を思い出したかどうかも判らず、けれどあなたの血管にノンちゃんの泡立つ雲の一筋が入り込めば病になるだろうし、それは致命傷を負わせる力にもなるわけで、自惚れノンちゃんとしては、そうであって欲しい、あのベッドのシーツのわずかな埃が、乾いて喘ぐ口から取り込まれてあなたの赤血球に取り付きワルサをしたのではないか、などと今さらながら自分の自意識に呆れてもいるわけで。

きちんと別れなかった、ただ何となく遠ざかってしまったゆえ、言葉や場面の一片が異様に繁茂《はんも》し、とりわけ命のどん詰まりまで来ているらしいと木々のざわめきが伝えてくると、少女ごころに戻ったノンちゃんは、やみくもに雲に向かって飛び込んで行くしかないのです。

相変わらず説明下手ではありますが、あなたが天空から見下ろしているなら、きっと一字一句を解ってくれるはず。こういう別れも仕方ありません。やむを得ないことです、人はエゴですからね。別れは常に一方的なもので、その分怨念も残ります。怨念もやがて消えて、明るい雲になってくれますように。

合掌

あと二年で七十歳になるノンちゃんより。

皆川博子

君よ、帰り来《き》ませ

狭野茅上娘子《さぬのちがみのおとめ》

帰りける人来《きた》れりといひしかば
ほとほと死にき君かと思ひて

貴方様《あなた》ではありませんでした。

禁断のふみをしたためております。小さい手焙《てあぶ》りの炭火を金火箸《かなひばし》でかき立て、墨を擦るあいだに凍えた指をあたため、細筆《ほそふで》を持ちなおします。

隣家のひとがわたくしに言ったのでございます。検査で肺浸潤《はいしんじゅん》がみつかり、即刻帰郷を命じられたそうですよ。息の根も止まるほどでございました。なれど、貴方様のことではなかったのです。大旦那様、大奥様より先に貴方様のご消息を他人が知るなど、ありようもないことでございました。

端が欠けたからとさりげなく硯《すずり》を賜り、短くなったからと墨を、そうして穂先が禿《ち》びたからと細筆を……貴方様はくださいました。捨てていいのだよとのお言葉に、心安《こころやす》んじて頂戴することができました。十分に使える品々でございます。朋輩の嫉妬の目を慮ってのお心遣いでございました。手習いをしたいと、いつ、わたくしは洩らしたのでございましょう。

お発ちになられます前夜に貴方様がくださった書物を、暇を盗んで幾たび読み返しましたことか。心に沁《し》みる歌が多うございました。とりわけ、反逆の罪に問われた有間皇子《ありまのみこ》が、家にあれば笥《け》に盛る飯《いひ》をと詠《うた》った一首に胸が痛みました。天と赤兄《あかえ》とのみ知る、我もはら知らず、と悲痛な言葉を遺《のこ》し縊《くび》られた若き皇子の痛《つう》哭《こく》もさることながら、わたくしは、草枕旅にしあれば椎の葉に盛る思いはなさらずとも野辺で飯盒《はんごう》炊きの夕餉《ゆうげ》をとる露営《ろえい》も多いであろう貴方様の上を想ったのでございます。

これも謀反の罪を問われ死を賜るにいたる弟君大津皇子《おおつのみこ》を想う大伯皇女《おおくのひめみこ》の歌も胸迫りました。我が背子《せこ》を大和へ遣《や》ると小夜《さよ》更《ふ》けてあかとき露にわが立ち霑《ぬ》れし。

暁《あかとき》の露はとうに消えた昼下がり、歓呼の声に送られて貴方様が征《ゆ》かれました後、わたくしは、やがて夜の露が爪先を濡らすまで、立ちつくしておりました。

広く世に知られた家持《やかもち》や人麿《ひとまろ》の名歌より、名もない東《あずま》の賤《しず》の女《め》のたづたづしい歌に心惹かれます。稲舂《いねつ》けば皹《かが》る我《あ》が手を今宵もか殿の稚子《わくご》が取りて嘆かむ。嫂《あによめ》にもらったけれど男は使わないからと笑いながら貴方様が、わたくしの手に握らせた差し渡し一寸ほどの愛らしいうつわの蓋をあけると、ねっとりと白いクリームが梔子《くちなし》の匂いを漂わせたのでございました。もったいなくて、うつわごと布にくるみ、肌護りにしております。

屑屋にはらう反古《ほご》の束の中から、皺の少ない包み紙を取り置き、手習いの草紙がわりにしております。壊して薪《たきぎ》にするところであった古い文机《ふづくえ》を、ばあやさんに頼んで、部屋に置かせてもらいました。おみつさんとおたみさんに蒲団が敷けなくなると苦情を言われましたけれど、わたくしの蒲団は縦半分に折り畳みますからと申し、承知してもらいました。

ほどなく、おみつさんとおたみさんが仕舞い湯を終えて戻って参ります。わたくしは月のさわりだからとお湯をつかうのを遠慮し、浮かせた時間を貴方様へのお便りをしたためるのにあてました。

好ましくて書き写した歌は数々ございますが、と胸をつかれたのは、女孺《にょじゅ》が、咎めを受けて流刑の地へと旅する愛《いと》しい人への思いを詠った数首でございます。あしひきの山路越えむとする君を心に持ちて安けくもなし。軍旅の途《と》にある貴方様を罪人《つみびと》になぞらえるつもりは毛頭ございませぬが。

みだりに人を恋うてはならぬと、きびしく躾《しつ》けられた身でございます。口の端《は》にものぼらせぬよう、心《こころ》しております。

天地《あめつち》の至極《そこひ》の内《うち》にあが如く君に恋ふらむ人は実《さね》あらじ
凛然と、かく詠いあげることのできた古《いにしえ》の女孺をうらやみます。

このふみは、永劫《えいごう》、貴方様のお目に触れることはございませぬ。人のこぬうちに焼き捨てます。

手焙りの炭火をもう一度かき立て、ふみの端に火を移します。赫《かが》く炭火の上に置き、小刀で指を裂き、したたる雫を炎と一つにいたしましょう。

かの女孺狭野茅上娘子の、魂の傷からほとばしり出た恋の一首を借りて、わたくしは禱《いの》ります。

君が行く道の長路《ながて》を繰《く》り畳《たた》ね
焼き亡《ほろ》ぼさむ天《あめ》の火もがも

昭和十八年　霜月の夜《よわ》に

橋本治

拝啓　日本様

今の私には、愛したい誰かとか愛されたい誰かがおりません。そもそもそういう気になりません。それでよく生きてるな、生きてておもしろいのかという気にもなりますが、どうも平気です。心が騒ぐようなものなんてなんにもないなと思っていたら、一つだけありました。

私は日本が好きです。自分のことを「日本人だ」と思うと、とんでもなく安心します。遠い昔、神社の森に生えている大きな樹の幹に触れて、「この樹になりたい。この樹に吸い込まれたら幸福だろうな」と思ったことがありますが、自分を「日本人だ」と思うと、それと同じような気持ちが生まれてしまいます。

だからと言って私は、日本の美しい風土が好きだというわけでもありません。「日本の美しい風土」という括《くく》り方がぞんざいで、好きになれません。でも、ある時ふっと「これが日本の空だ」と思うと、吸い込まれたいくらいの愛おしさを感じてしまいます。

　私は国粋主義者じゃありません。だからNHKの大河ドラマは好きじゃありません。悪いけど、日の丸の小旗を振るのも、もう子供ではないのでやりたいとは思いません。思想的に日本が好きだというわけではなくて、思想性がなくても生きていていいという空気があるから好きです。それが一番私をほっとさせてくれます。自分を安心させてくれるものが一番愛おしいのは当たり前じゃないですか。だから私にはとってもライヴァルが多いのです。他人が日本のことをへんな風に貶《けな》したり、またへんな風に過剰に持ち上げるとやたらに腹が立って、「俺の日本にさわるな!」と言いたくなります。勝手に独占したがるのが恋の常で、「誰よりもあなたのことを分かっている」と言いたがるのも、恋の常です。

　私は「古き佳き日本」が好きではなくて、「古き佳き日本」と思われるものも好きではなくて、「外国人に感動される日本」も好きではありません。独占欲の強い人間の嫉妬かもしれませんが、持ち上げ方がおかしければ、過剰にもなりますし、へんにもなります。だからやっぱり「俺の日本にさわるな!」と言いたくなって、「自分の好きな日本はそんなもんじゃない」と思う心の丈を、年柄年中書いているような気がします。そうして、愛するものに包まれる幸福を実感しようとしているんだなと思います。

そういうものがなかったら生きて行けないし、生きていても寂しくなるので、「他はなくてもいいや」と平気で考えてしまうくらいに、私は日本が好きなのです。

なんで「日本が好き」というと、へんに思想的なバイアスがかけられるんでしょう。だから、日本が好きな私は、日本人が嫌いなんです。

それでは、いずれまた——。

長塚京三

遺言

ぼくは映画が好きです。小学校の六年間は、最後に見た映画と次に見る映画の狭間の日々を、慰めようのない無聊《ぶりよう》感に浸されて、べんべんとやり過ごしていただけのような気がします。

週末に二本という決まりだったので、ざっと一週間の辛抱のしどころでした。つまり週日のぼくは、まるで死に体だった。じぶん以外のひとたちの人生にはもっともらしく参加しても、映画を離れて、ぼく自身の人生がぼくの毎日に寄り添うことはありえない。そう思っていました。それほど映画が好きでした。

きみも映画が好きだね。クラスで集合写真を撮るときの、きみの意気込みを見ればわかる。ぼくが気づかないとでも思った？

おしゃれして、長い髪を器用に束ねて、満面の笑みで最高のアングルに納まる。

どの集合写真でも、飛びきり写され上手なきみです。

ふだんは眉間に小の字を深く刻んで、この世の不幸を一手に引き受けたような、憂鬱の塊なのにね。

集合写真の中でしか笑うことのないきみは、隣の庭の妖精が、うっかり垣根を越えてこちら側に降り立ってしまった体で、あれ、うちのクラスにこんな子いた？と一瞬ぼくたち男子の目を泳がせます。きみはなぜそんな茶目っ気を、写真撮影の当日に限って発揮できたのですか。

集合写真って、年に何回撮るものだっけ。進級時と遠足？きみは四年で転校してきたから都合六回か。さっきの、ぼくと映画の関わりで言えば、きみには半年の辛抱のしどころだったわけだ。どれも可愛いけど、ぼくはとりわけ卒業写真の、ちょっと笑いすぎのきみが好きです。

きみにはゆゆしい健康上の問題があって、それ専門の特殊な受け入れ先が決まるまで、とりあえずうちのクラスで預かることになった、とはぼくの母の言だけど、本当ですか。中途半端な噂を聞き齧ってきては、ぺらぺらしゃべりまくる母の情報は、まず当てにならないのだけれど。

たしかに、体育の授業では決まって見学に回り、課外活動など、ほんの少しでもなにか期待されそうな空気を察すると、たちまち病欠です。どういう密約があったのか、学校側もどうやら承知ずくで、そういえば授業中、先生がきみを指すことは絶えてなかった。

もともと博多人形みたいな細面を、左右に下ろした長い髪でいっそう狭く縁どり、全然子供らしくない淡い色合いの、薄くぴったりしたセーターの背から肩甲骨をニュッと突き出して、きみはただそこにいただけ。額に小の字を付けて。

あいつけっきょくバカなんじゃないかと、きみのノートを盗み見たお調子者がいたが、きみは綺麗な字を書くし、そいつには判読できない横文字のカードやらなにやらが出てきて、その憶測は立ち消えた。

そんなきみがなぜ、椅子や机を片隅に押しやって、急遽設えた雑なスペースで、クラス全員を前にクラシック・バレーを披露したのか、そのわけを知りたい。学芸会に出演を請われでもして、その小手調べだったとか。

きみは、日本で有数の舞踏家の秘蔵っ子で、とても嘱望されていたらしい、とはまたもや母からの情報ですが、本当ですか。結局きみが学芸会の舞台に立つことはなく、ぼくは心底ほっとしたのだけれど。

だって、あんな格好でくるくる跳び回るのはいかがなものですか。もちろんぼくはきみのパンツのことをいっています。きみの太腿と太腿が合わさるあたりをかぎりなく薄く覆った、いままで見たこともない逆三角形の、フワッと手のひらに収まるほどの、化繊の布切れのことを。

本格バレーを鑑賞する会を、至近距離からきみのパンツを観賞する会に堕してしまったのは、あのパンツのせいです。あれ以降、きみは男子生徒の隠微な迫害の標的になってしまった。

初めて性的センセーションというものの洗礼を受け、滑稽なほど動顚《どうてん》した愚かな男子たちが、ストレスの捌け口を洗礼者のきみに向けたのです。勿論本音は、もういっぺん踊ってみせて欲しい、に他ならない。

六年生の終業間際は、なんだかいいことなしのままバタバタと打ち過ぎて、満足な挨拶も交わさずに、ぼくたちは散り散りになったね。

春休みが終わり、きみはソヴィエト・ロシアへバレー留学に（きみに関する母の最後の情報です。母は間もなく亡くなりました）、ぼくは映画との距離を縮められぬまま、悶々として地元中学へ。

いま、人生の最終盤で（死の床でと言いかけてすこし慌てました、実質はそんなものだけど）、ぼくは天眼鏡を片手に、例の卒業写真を眺めています。きみとの「切り返し」をいま一度楽しむため。

天眼鏡の向こう、ぼくはやや俯き加減で、なにやらきみに謝る風情です。きみは、天眼鏡越しにパッとぼくに破顔してこう答える、「うん赦す、だからわたしも赦して」。

いつかこの日の来ることを、きみは知っていたのだね。集合写真の「写され上手」は、この日のためのパフォーマンスだった。

きみは、きみ自身を除いた総勢三十八人との切り返しでも、こんなことを言っているよ、「みんな大好き。六年一組ばんざい」と。

もしあの頃に戻ることができたなら、ぼくは一直線にきみのもとへ駆けつけるだろう。そして、全力疾走のその勢いのまま、きつく、きつく、きみを抱きしめたい。

吉本ばなな（よしもと・ばなな）作家。一九六四年生まれ。

川上未映子（かわかみ・みえこ）作家。一九七六年生まれ。

二階堂ふみ（にかいどう・ふみ）女優。一九九四年生まれ。

西川美和（にしかわ・みわ）映画監督・作家。一九七四年生まれ。

壇蜜（だん・みつ）タレント。一九八〇年生まれ。

小池真理子（こいけ・まりこ）作家。一九五二年生まれ。

横尾忠則（よこお・ただのり）美術家・作家。一九三六年生まれ。

山本容子（やまもと・ようこ）銅版画家。一九五二年生まれ。

俵万智（たわら・まち）歌人。一九六二年生まれ。

桐野夏生（きりの・なつお）作家。一九五一年生まれ。

小島慶子（こじま・けいこ）タレント・エッセイスト。一九七二年生まれ。

姫野カオルコ（ひめの・かおるこ）作家。一九五八年生まれ。

山中千尋（やまなか・ちひろ）ジャズピアニスト。

松尾スズキ（まつお・すずき）作家・演出家・俳優。一九六二年生まれ。

加藤千恵（かとう・ちえ）歌人・作家。一九八三年生まれ。

松田青子（まつだ・あおこ）作家・翻訳家。一九七九年生まれ。

村田沙耶香（むらた・さやか）作家。一九七九年生まれ。

春風亭一之輔（しゅんぷうてい・いちのすけ）落語家。一九七八年生まれ。

砂田麻美（すなだ・まみ）映画監督・ドキュメンタリー作家。一九七八年生まれ。

中江有里（なかえ・ゆり）女優・作家。一九七三年生まれ。

島田雅彦（しまだ・まさひこ）作家。一九六一年生まれ。

岩下尚史（いわした・ひさふみ）作家。一九六一年生まれ。

髙樹のぶ子（たかぎ・のぶこ）作家。一九四六年生まれ。

皆川博子（みながわ・ひろこ）作家。一九三〇年生まれ。

橋本治（はしもと・おさむ）作家。一九四八年生まれ。

長塚京三（ながつか・きょうぞう）俳優。一九四五年生まれ。

単行本　二〇一六年二月　文藝春秋刊
（初出「文學界」二〇一五年一月号、
「オール讀物」二〇一六年一月号掲載分を増補）

イラスト　鬼頭祈
デザイン　野中深雪
ＤＴＰ制作　エヴリ・シンク

文春文庫

ラヴレターズ

定価はカバーに
表示してあります

2019年2月10日　第1刷

著　者　川上未映子《かわかみみえこ》　村田沙耶香《むらたさやか》ほか

発行者　花田朋子

発行所　株式会社 文藝春秋

東京都千代田区紀尾井町 3-23　〒102-8008
TEL　03・3265・1211㈹
文藝春秋ホームページ　http://www.bunshun.co.jp

落丁、乱丁本は、お手数ですが小社製作部宛お送り下さい。送料小社負担でお取替致します。

印刷製本・大日本印刷

Printed in Japan
ISBN978-4-16-791233-8

（　）内は解説者。品切の節はご容赦下さい。

川上未映子
世界クッキー
読んだあとはどこか世界が変わってみえる——体、言葉、季節、旅、本、日常やあれこれ。『乳と卵』で芥川賞を受賞し、話題作を発表し続ける川上未映子が放つ、魅惑のエッセイ集。

か-51-2

川上未映子
きみは赤ちゃん
35歳で初めての出産。それは試練の連続だった！　芥川賞作家の鋭い観察眼で「妊娠・出産・育児」という大事業の現実を率直に描き、多くの涙と共感を呼んだベストセラー異色エッセイ。

か-51-4

河野裕子・永田和宏
たとへば君《きみ》
四十年の恋歌
乳がんで亡くなった歌人の河野裕子さん。大学時代の出会いから、結婚、子育て、発病、そして死。先立つ妻と見守り続けた夫。交わした愛の歌380首とエッセイ。（川本三郎）
か-64-1

河野裕子・永田和宏・その家族
家族の歌
河野裕子の死を見つめて
母・河野裕子の死をはさんで二年にわたって続けられた、歌人家族によるリレーエッセー。孫たちのこと、娘の結婚、子どものころの思い出……。そのすべてが胸をうつ。（永田　紅）
か-64-2

河野裕子・永田和宏
京都うた紀行
歌人夫婦、最後の旅
歌に魅せられ、その歌に詠まれた京都近郊の地をともに歩いて綴った歌人夫婦の記。死別の予感が切なく胸に迫る。河野氏の死の直前に行われた最後の対談を収録。（芳賀　徹）
か-64-3

角幡唯介
探検家の憂鬱
チベットから富士山、北極……。「生のぎりぎりの淵をのぞき見ても、もっと行けたんじゃないかと思ってしまう」探検家・角幡唯介にとって、生きるとは何か。孤高のエッセイ集。

か-67-1

貴志祐介
極悪鳥になる夢を見る
時にスッポンに詫びつつ鍋を作り、時に読む者を不安にする早口言葉を考え、常に阪神愛は止まらない。意外な素顔満載の初エッセイ集。ヒューマニズムと悪についての講演録も収録。

き-35-3

（　）内は解説者。品切の節はご容赦下さい。

金田一秀穂
お食辞解
餡子、朝ご飯からメンラー、渡辺のジュースの素まで。和洋中華に野菜・果物・スイーツなど、食にまつわる言葉を集めた楽しい〝食語〟エッセイ。金田一家三兄弟座談会を特別収録。
き-41-1

久世光彦
ベスト・オブ・マイ・ラスト・ソング
末期の刻に一曲だけ聴くことができるとしたら、どんな歌を選ぶか――。14年間連載されたエッセイから52篇を選んだ〈決定版〉。小林亜星、小泉今日子、久世朋子の語り下し座談会収録。
く-17-7

宮藤官九郎
俺だって子供だ！
生まれたてなのに態度が部長クラスの娘「かんぱ」。その誕生から3歳までの成長を余すところなく観察した、爆笑の子育て苦行エッセイ！　巻末にかんぱ（5歳）との盗聴親子対談を収録。
く-34-1

宮藤官九郎
いまなんつった？
セリフを書き、セリフを覚え、セリフを喋って早20年。人生の半分をセリフと格闘してきた宮藤官九郎が思わず「いまなんつった？」と聞き返したくなる名&迷セリフ111個をエッセイに。
く-34-2

宮藤官九郎
え、なんでまた？
『あまちゃん』から『11人もいる！』まで、あの名セリフはここで生まれた！　宮藤官九郎が撮影現場や日常生活で出会った名&迷セリフについて綴ったエッセイ集。（岡田惠和）
く-34-4

佐藤愛子
我が老後
妊娠中の娘から二羽のインコを預かったのが受難の始まり。さらに仔犬、孫の面倒まで押しつけられ、平穏な生活はぶちこわし。ああ、我が老後は日々これ闘いなのだ。痛快抱腹エッセイ。
さ-18-2

佐藤愛子
これでおしまい
我が老後7
タイガー・ウッズの浮気、知的人間の面倒臭さ、嘘つきについて。20年間「悟る」ことなき爽快な愛子節が炸裂する！　冴え渡る考察とユーモアで元気になる大人気エッセイ集。
さ-18-24

（　）内は解説者。品切の節はご容赦下さい。

佐藤愛子
冥途のお客
岐阜の幽霊住宅で江原啓之氏が見たもの、狐霊憑依事件、金縛り体験記、霊能者の優劣……。「この世よりもあの世の友が多くなってしまった」著者の、怖くて切ない霊との交遊録、第二弾。

さ-18-13

酒井順子
黒いマナー
結婚式ひとつとっても、できちゃった婚、国際結婚、年増婚、再婚の場合……と年々複雑化するマナー。自らの黒い心を覆い隠すために身につけたい、負け犬世代のための「冠婚葬祭入門」。

さ-29-4

酒井順子
本が多すぎる
〝現代の清少納言〟の呼び声高きエッセイストが、「本」を通して覗く多様な世界。母と娘、野心と老い、下ネタに女子心理に歌舞伎。読み応えたっぷりの最強読書エッセイ集！

さ-29-7

酒井順子
女を観る歌舞伎
嫉妬する女、だめんず好きな女……歌舞伎に登場する女性たちには、時を越えた共感と驚きがある！　著者の分析・分類が冴え渡る、楽しい歌舞伎論。市村萬次郎氏との対談を特別収録。

さ-29-8

堺　雅人
文・堺雅人
大きな話題を呼んだ、演技派俳優の初エッセイ。文庫版では蔵出しインタビュー&写真、作家・宮尾登美子さんとの「篤姫」対談や、作品年表も収録。役者の「頭の中」っておもしろい。

さ-60-1

坂崎千春
片想いさん
大好きな本、癒しのおやつ、恋愛から遠い静かな時間。Suicaペンギンを生んだ人気イラストレーターの等身大の文章が静かに愛され続けた、伝説の名エッセイ集。（酒井順子）
さ-64-1

東海林さだお
目玉焼きの丸かじり
パセリの哀れな境遇を嘆き、枝豆の正式な食べ方についてマジメに考察し、つぶアンこしアンどちらを好むかで人物像に迫る。大人気食エッセイシリーズ第37弾！（姜　尚美）
し-6-90

（　）内は解説者。品切の節はご容赦下さい。

東海林さだお
猫大好き
なんとも羨ましい猫の生き方研究から内臓と自分の不思議な関係まで。ジョージ君が深〜く考える、大好評エッセイシリーズ。南伸坊、パラダイス山元、近藤誠との対談も収録。（壇　蜜）
し-6-89

椎名　誠
ごっくん青空ビール雲
晴れた日に雲を眺めて飲むビールのなんとうまいことか。全国の祭りを旅し、規則に物申していたら、愛用のワープロがついに臨終の危機に。人気エッセイ第22弾。（沢野ひとし）
し-9-37

椎名　誠
ガス燈酒場によろしく
連載千回を超え今日も好調。モデルデビューしたかと思えば沖縄でマグロ釣り……と東奔西走の日々、大震災でシーナも激しく揺れた。計画停電の街で思う。ガス燈くらいで満足なのだ。
し-9-39

椎名　誠
さらば新宿赤マント
「週刊文春」で23年にわたって続いた長寿連載「赤マント」シリーズの完結編！　70の声を聞いても、東奔西走、旅して食べて考える日々は変わらない。「赤マント」はここにいる。（沢野ひとし）
し-9-40

塩野七生
男の肖像
ペリクレス、アレクサンダー大王、カエサル、北条時宗、織田信長、ナポレオン、西郷隆盛、チャーチル……歴史を動かした不世出の英雄たちに、いま学ぶべきこととは？（楠木　建）
し-24-4

塩野七生
男たちへ
フツウの男をフツウでない男にするための54章
男の色気はうなじに出る、薄毛も肥満も終わりにあらず。成功する男の4つの条件、上手に老いる10の戦術など、本当の大人になるための、喝とユーモアに溢れた指南書。（開沼　博）
し-24-5

塩野七生
再び男たちへ
フツウであることに満足できなくなった男のための63章
内憂外患の現代日本。人材は枯渇したのか、政治改革はなぜ成功しないのか、いま求められる指導者とは？　身近な話題から国際問題まで、日本の「大人たち」へ贈る警世の書。（中野　翠）
し-24-6

（　）内は解説者。品切の節はご容赦下さい。

春風亭昇太
楽に生きるのも、楽じゃない
「笑点」の司会に抜擢、大河ドラマにも出演と波に乗る人気落語家の楽しく生きる秘訣は、嫌なことはすぐ忘れ、なるべく腹を立てないことにあった。ふわふわと明るいエッセイ集。

し-61-1

水道橋博士
藝人春秋
北野武、松本人志、そのまんま東……今を時めく芸人たちを、博士ならではの鋭く愛情に満ちた目で描き、ベストセラーとなった藝人論。有吉弘行論を文庫版特別収録。（若林正恭）
す-20-1

田辺聖子
主婦の休暇
エッセイベストセレクション3
ええ女は、明敏にしてちゃらんぽらん!? 主婦の浮気問題、魅力ある男の家庭、世間的つきあいの真髄から原発問題まで、冴え渡るお聖さんの傑作復活エッセイ第三弾！（島﨑今日子）
た-3-49

田辺聖子
老いてこそ上機嫌
「80だろうが、90だろうが屁とも思っておらぬ」と豪語するお聖さんももうすぐ90歳。200を超える作品の中から厳選した、短くて面白くて心の奥に響く言葉ばかりを集めました。

た-3-54

田中澄江
花の百名山
春の御前山で出会ったカタクリの大群落。身を伏せて確かめた早池峰の小さなチシマコザクラ――山と花をこよなく愛した著者が綴った珠玉のエッセイ。読売文学賞受賞作。（平尾隆弘）
た-14-5

高峰秀子
コットンが好き
飾り棚、手燭、真珠、浴衣、はんこ、腕時計、ダイヤモンド……。これまで共に生きてきた、かけ替えのない道具や小物たちとの思い出を、愛情たっぷりに綴った名エッセイ。待望の復刻版。

た-37-7

高峰秀子
にんげん住所録
小津先生と一緒に行った「お茶の水」、クロサワが手の甲に置いた「蚊」、美智子妃から届けられた思いがけぬ一筆など、極上の思い出を端正で歯切れのよい語り口で綴ったエッセイ集。

た-37-10

（　）内は解説者。品切の節はご容赦下さい。

高峰秀子
いっぴきの虫
松下幸之助、有吉佐和子、東山魁夷、木村伊兵衛、藤山寛美、梅原龍三郎――各界の一流の人物との対話を軸に綴られたエッセイ集。二十余の人々から不変の真理と肉声を引き出した傑作。

た-37-11

田丸公美子
パーネ・アモーレ　イタリア語通訳奮闘記
TV局から依頼された法王のメッセージの通訳。放送開始まで二十分……手に汗握る聖夜の出来事を始め、日本最強のイタリア語同時通訳が明かす楽しいエピソードが満載！（米原万里）
た-56-1

田丸公美子
シモネッタのデカメロン　イタリア的恋愛のススメ
女とみれば口説くイタリア人の中で、通訳歴三十余年、鍛錬を積んだ著者が見聞した爆笑エピソードの数々。人生を楽しむヒントに満ちた大人のエッセイ集。故米原万里さんとの対談も収録。

た-56-2

田丸公美子
目からハム　シモネッタのイタリア人間喜劇
イタリア語通訳歴38年の著者が仕事やプライベートで遭遇したさまざまな人たち、出来事の数々。恋の国イタリアで男と女が繰り広げる目からハムが落ちるエピソード満載。（山口正洋）
た-56-4

田丸公美子
シモネッタのアマルコルド　イタリア語通訳狂想曲
私は覚えている。冷や汗を流した修羅場を、数々の誤訳を、そして温かく見守ってくれたイタリアの人々を……。通訳人生40年を振り返るユーモラスなエッセイ集。（内田洋子）
た-56-6

壇　蜜
壇蜜日記
賞味期限切れのソースで運試し。新聞を読めば、求人欄に目がいく。抱かれる予定はしばらくなし――。あの壇蜜が、文壇を驚愕させた流麗な文体で綴る「蜜」な日々！　文庫書下ろし。

た-92-1

壇　蜜
壇蜜日記2
壇蜜三十四歳。仕事の励みは風呂上がりのアイス。事務所の後輩の女の子が妹だったらと妄想……そんな壇蜜的日常に新展開。――「抱かれた」。各界から絶賛の書下ろし日記第二弾。

た-92-2

（　）内は解説者。品切の節はご容赦下さい。

壇蜜
泣くなら、ひとり
壇蜜日記3

寝起きの猫の匂いを愛し、見られてはマズイ画像を持っている人を心の中で数え、「私と春はどちらが図々しいだろう」と物思う……壇蜜のリアルがここに。初小説も収録の文庫オリジナル。

た-92-3

壇蜜
噂は噂
壇蜜日記4

「不条理の利用」を女子に説き、寿司屋の看板を見ては「寿司良いなぁ」と涙を流し、男の優しさの先にある苦くて甘い何かを時に齧りたくなる……これがまさかの読み納め!?　書下ろし。

た-92-4

田部井淳子
それでもわたしは山に登る

世界初の女性エベレスト登頂から40年。がんで余命宣告を受け治療を続けながらも常に前を向き、しびれる足で大好きな山に登りつづけた――惜しまれつつ急逝した登山家渾身の手記。

た-97-1

土屋賢二
無理難題が多すぎる

何気ない日常にも哲学のヒントは隠れている。「妻になる！」と決心したり、「老人の生きる道」を模索したり、野球解説を考察したり――笑い溢れるエッセイ集。　（西澤順一）

つ-11-23

土屋賢二
年はとるな

「引きこもり予防法」「人は見た目が10割」「人工知能に対抗するには」「笑いは不謹慎か」など哲学的思考で笑って目指す究極のアンチエイジング？エッセイ六十篇収録。　（麻生俊彦）

つ-11-24

戸部田　誠（てれびのスキマ）
人生でムダなことばかり、みんなテレビに教わった

人気タレントが番組中にこぼした一言が、彼らの来し方行く末を物語る。たけし、さんま、タモリ、中居正広、又吉直樹、マツコ、宮沢りえなど百人による百の名言で編む文庫オリジナル。

と-31-1

南木佳士
山行記

芥川賞受賞の翌年に心身を病んだ作家兼医師が五十歳で山登りを始め、回復する過程をさわやかに綴った山エッセイ。その行程は浅間山から南北アルプスの高みまで。　（市毛良枝）

な-26-23

（　）内は解説者。品切の節はご容赦下さい。

西　加奈子
ごはんぐるり
カイロの卵かけごはんの記憶、「アメちゃん選び」は大阪の遺伝子、ひとり寿司へ挑戦、夢は男子校寮母…幸せな食オンチの美味しオカしい食エッセイ。竹花いち子氏との対談収録。

に-22-4

蜷川実花
蜷川実花になるまで
好きな言葉は「信号無視」！　自由に生きるためには何が必要なのか。様々な分野を横断的に活躍する稀代のカリスマ写真家が語る、人生と仕事について。初の自叙伝的エッセイ。

に-24-1

野坂昭如・坪内祐三　編
俺の遺言
幻の「週刊文春」世紀末コラム

週刊文春名物連載「もういくつねると」から坪内祐三氏が厳選した55本を収録。都知事選挙、キレる子供、マスコミ報道……世紀末ニホンを俎上に筆が冴える。これぞ雑文の王道だ！

の-1-15

能町みね子
オカマだけどOLやってます。完全版
実はまだ、チン子がついてる私の「どきどきスローOLライフ」。オトコ時代のこと、恋愛のお話、OLはじめて物語など、大人気イラストエッセイシリーズの完全版。（宮沢章夫）
の-16-1

能町みね子
くすぶれ！　モテない系
容姿は人並み。恋愛経験もゼロじゃない。でも、常にモテないオーラ溢れるモテない系女子を憐れみ、いじくり倒したエッセイ。漫画家・久保ミツロウとの対談「モテない系の生きる道」収録。

の-16-2

能町みね子
トロピカル性転換ツアー
『オカマだけどOLやってます。完全版』の後日談。旅行気分で気軽にタイで性転換手術♪の予定が思いもかけない展開に!?　トロピカル感満載の脱力系イラストエッセイ。（内澤旬子）
の-16-3

能町みね子
言葉尻とらえ隊
ニュースや芸能人ブログなどで見聞きして、妙にひっかかった言葉の数々。その言葉から漂う〝モヤモヤとした違和感〟の正体を、能町みね子が明らかに！　「週刊文春」人気コラム。

の-16-4

文春文庫　最新刊